チェンジリング

妖精は禁断の実を冥王に捧げる

CROSS NOVELS

沙野風結子

NOVEL: Fuyuko Sano

奈良千春

ILLUST: Chiharu Nara

CROSS NOVELS

CONTENTS

CROSS NOVELS

CONTENTS

チェンジリング

妖精は禁断の実を冥王に捧げる

沙野風結子

奈良千春・画

【チェンジリング】

妖精は生まれたばかりの嬰児《みどりご》を盗んで妖精界に連れ去り、代わりに妖精の嬰児を人間界に置いていく。

「取り替え子」は、人の世に不幸をもたらすという。

プロローグ

海上を強い風が渡っていく。すると天から幾重《いくえ》にも垂らされた灰色の紗布《さふ》が波打ったかのように、立ちこめている霧《きり》がまだらになり、景色を透かした。

その透けた部分から、ぬうっと一隻の帆船が現れる。

船首像は六本の腕をもつ女神・カーリー。すべての手に短刀を握り締めている殺戮神《さつりくしん》だ。

この海域で悪名を轟《とどろ》かせている海賊船、カーリー号だった。

女神の後見人であるかのごとく船首に立ち、瑠璃色《るりいろ》のコートを翼のごとくはためかせている男の姿もまた、霧のなかから浮き出てくる。

編みこみをほどこされた金の髪が風に舞う。碧《あお》い眸《ひとみ》の鋭さといい、左頬《ひだりほお》に大きな傷痕《きずあと》のある精悍《せいかん》な顔立ちといい、獰猛《どうもう》な野生動物を彷彿《ほうふつ》とさせる偉丈夫である。

彼こそがカーリー号にて四百人あまりの荒くれ者どもを束ねる者——名をゼインという。年は二十五歳になったばかりだ。

ゼインは少年のころに村を追われて以来、血の海のなかをのたうちまわりながら、生き残るためのすべと人を踏《ふ》み躙《にじ》る技を身に取りこんできた。そんな彼にとって、海のあらゆるものは我がものも同然だった。

そしていま、彼は新たな「我がもの」を発見して舌なめずりをした。

海賊帽を被り、ベルトから引き抜いた短刀の刃先を右斜め前方へと向ける。

「てめぇら、あれを回収するぞ！」

怒声にも似た声を轟かせると、背後で海賊たちが興奮に咆哮《ほうこう》をあげ、甲板《かんぱん》を踏み鳴らした。

「ありゃあ、客室つきの商船だぜ」

「女も酒も食いもんも、よりどりみどりかっ」

「ひとり残らず海神の貢ぎ物にしてやる！」

海賊船はぐんぐんと商船に近づき、横腹を添わせた。海賊たちが投げる鉤縄《かぎなわ》が、獲物のふなべりに次々と嚙《か》みついていく。

向こうの船からの反撃がないのはおそらく、殺戮の女神の船首像と、交叉《こうさ》する二本の剣に死神の顔を重ねた意匠《いしょう》の海賊旗を目にしたせいだろう。

カーリー号が視界にはいったら最後、いかに慈悲のある死を与えてもらえるかを静かに祈るしかない。

双方のふなべりに板が渡され、海賊たちが手に手に武器を携えて商船へと雪崩《なだ》れこんでいく。

甲板のうえには人っ子ひとりいない。乗組員も乗客も、船内で震えているのだろうか。

ゼインは商船の甲板に佇《たたず》み、深く漂っている霧の匂いを嗅《か》いだ。そして眉をわずかに波打たせる。

――この船は……。

海賊たちが争うように船内へと踏みこむやいなや、次々と喚《わめ》き声が聞こえてきた。

「ひゃあっ、なんでぇ！　もう同業者に荒らされたあとか？」

「誰も生きちゃいねぇ。男も女も、子供までズタズタだ。俺らのほうがよっぽど慈悲があるってぇもんだ」

「いや、なぁ……このやり口は、妖魔《ようま》じゃねぇか？」

妖魔は人を襲っていたぶり、その血と生気を啜《すす》るのだ。

すると今度は船尾のほうから掠《かす》れた悲鳴が聞こえてきた。

ゼインは足早にそちらへと向かう。いまや死臭があたりに充満し、あたかも霧に血の色が滲《にじ》んだかのように、視界がほのかに赤みを帯びて見える。

最後尾にある船長室の開け放たれた扉から、年若い海賊がもんどり打って飛び出してきた。そのまま腰を抜かして口をパクパクする。

ゼインは船長室へと踏みこんだ。むうっと、新鮮で濃厚な血の匂いに巻かれる。どろりとしたものが床を流れ、ゼインのブーツの底を濡らした。床に転がっている、船員服の残骸《ざんがい》をまとったふたりの人間から流れ出たものだろう。まるで巨大な手で身体を捻《ね》じ切られたかのような無惨《むざん》なありさまの骸《むくろ》だった。

強い波が船腹を叩き、船が大きく揺れた。

天井に吊るされたカンテラが跳ね、光が室内を乱れ踊る。

人影が壁に大きく映し出された。最奥に据《す》えられたどっしりした造りの机の向こう側にある椅《い》子《す》に、腰掛けている者がいた。

ゼインはぬめる床を踏み締めて、目を眇《すが》めた。

カンテラの揺れがゆるやかになっていくにしたがって、ゼインの目は見開かれていく。凄惨《せいさん》な屍《しかばね》を積んだ船のなかであるのを忘れそうなほど優雅に、その青年は脚を組んで、ゆったりと椅子に腰掛けてた。

切れ長の黒い眸に、なめらかな額を覗かせて下ろされた肩にかかる絹糸のような黒髪。鼻筋は美しく通り、薄い唇の傍《はた》にはほのかな笑みを漂わせている。

黒の天鵞絨《ビロード》に銀の刺繍《ししゅう》をほどこされた上着をまとい、首元と袖口を飾るレースは純白の百合の花のようだ。その左袖のレースにのみ小さな赤い染みがあった。

肘掛けに美しい角度で肘を預けた青年の、胸元で絡みあわされた指先がかすかに震えた。

その震えがなかったら、精巧《せいこう》な蠟人形《ろうにんぎょう》とでも思ったかもしれない。

そしてまた、ゼインも喉をかすかに震わせた。厚みのある唇が重たく動き、濁《にご》った声を押し出す。

「なんで、お前がいる」

青年が両の口角を綺麗《きれい》に上げた。

「あなたに逢《あ》うために。海の冥王《めいおう》、ゼイン」

昏《くら》く澄んだ声音だった。

「…っ」

ゼインは拳《こぶし》の尻を壁に叩きつけ、仇敵《きゅうてき》を睨《にら》みつけた。

「災いの預言者、ルカ。楽に殺してもらえると思うなよ」

1

「こいつがやったに違いねぇ！」

赤銅色《しゃくどういろ》の顔から血の気を失せさせた海賊のひとりが、カーリー号の船長室の床に手足のみならず身体中をぐるぐると縄で縛られて転がされているルカを指差した。

ほかの船員たちも遠巻きにしながら大きく頷く。

「ああ、そうに違いねぇ。なんたって黒髪だからな」

「黒髪は取り替え子と昔から決まってる。妖精が人間に悪さするために、人の子を盗んで、あくどい妖精を送りこんでんだ」

「俺っちの故郷でも、取り替え子が何人も殺したぜ。あいつらは周りにいる人間をどんどん殺すんだ」

北方地帯に住む人種は総じて色素が薄い。黒髪は海を渡った遥《はる》か南方にならばいるが、交易もほとんどなく、血が混ざるようなことはまずない。ゆえに、この北方地帯で黒髪をもつ者が生まれるのは道理に反することで、その道理を捻じ曲げているのは妖精なのだ。

妖精は生まれたばかりの嬰児を盗んで妖精界に連れ去り、代わりに妖精の嬰児を人間界に置いていく。あたかもカッコウの親鳥がよその鳥の巣に卵を産み落としていくかのように。

そうして育った取り替え子は、その家庭に不幸をもたらし、さらには村や町、ひいては国にまで害を及ぼす。

だから以前は黒髪の子供はすぐに命を奪われていたのだが、先代の大司教が彼らの保護と救済に乗り出した。国中にある修道院で黒髪の子らを引き取り、人に害を及ぼさないように管理して、力を制御するための教育をほどこすことにしたのだ。その方針は、王の弟である現在の大司教へと引き継がれた。

ゼインは机に腰を預けたまま、床から涼やかな黒い眸でこちらを見上げている青年を半眼で見詰めた。

このルカという男もまた、そのようにして修道院で育った者だった。

黒髪の取り替え子は、周囲に不幸を撒《ま》き散らす。

それが単なる迷信でないことを、ゼインは身をもって知っていた。

ゼインが生まれ故郷を追われることになったのも、ほかならぬ、このルカの陰謀《いんぼう》によるものだったのだ。

もしルカと再会することがあったらどのようにしていたぶってやろうかと、ドロドロに黒く焼け爛《ただ》れた想いを胸に繰《く》ってきた。ルカが厭《いと》い、傷つくであろうことを思い描き、夢想のなかで実行し、それを糧《かて》にして生きてきた。

副船長の、褐色肌《かつしょくはだ》に灰色の目と髪をしたロムが、改めてゼインに提言した。

「船員たちは取り替え子が災いをもたらすことを恐れています。士気に関わらないように、この場で処分すべきです」

カーリー号の船員のなかでは珍しく常に冷静な判断をできる腹心に、ゼインは苦い顔で返す。

「こいつと俺には因縁がある。簡単に楽にしてやれねぇぐらいの因縁がな」

「拷問《ごうもん》でもするのですか？」

「ああ。たんまりとな」

するとそれまで黙って床に転がっていたルカが口を開いた。

「確かに、ゼインには私をいたぶる権利があります。お受けしましょう」

床に片頬をつけたまま、つらつらと続ける。

「しかし、私も公爵家《こうしやくけ》に生を享《う》け、修道院で身を慎んできた矜持《きようじ》があります。情けない姿を晒《さら》すのは、ゼインひとりにのみです」

ゼインは呆れて問う。

「お前の矜持のために人払いをしろってのか？」

ルカがすっと目を細めた。

「あなたが私とふたりきりになるのが怖《こわ》いのでなければ」

明らかな挑発だった。

かつてルカとふたりきりになったせいで、ゼインはこのような人生を送る羽目になったのだ。

だが、挑発された以上、退《ひ》くわけにはいかない。

――俺はもう十四歳のガキじゃねぇ。同じ轍《てつ》など踏むものか。

挑発したことを、そして十一年前に自分を陥れたことを心の底から後悔させたうえで、命乞いを無下《むげ》にしてやるのだ。

背筋がざわついて仕方ないのは、長年の怨嗟《えんさ》を晴らせる期待のために違いない。

ゼインは大きく舌なめずりすると、船員たちに命じた。

「てめぇら、出てけ」

「しかし、この者はあの船を殲滅《せんめつ》させた張本人かもしれないのですよ」

心配するロムを、ゼインは険しい目つきで睨んだ。

「だとしたら、俺がこいつに負けるとでも言うのか？」

「……失礼しました」

苦渋の表情を浮かべながら、ロムは船員たちを部屋から追い出し、自身も船長室を出て扉を閉めた。

ゼインはその扉に閂《かんぬき》をかけると、そのままルカに歩み寄った。

その顔のすぐ傍《そば》の床に、ダンッとブーツの底を落とす。

「まずは俺の靴でも舐めてもらおうか」

侮蔑《ぶべつ》の視線と言葉を投げ落とすと、ルカが芋虫のように縄で雁字搦《がんじがら》めにされた身体を仰向《あおむ》けにした。怖《おそ》れの欠片《かけら》もなく、まっすぐ下から目を見返してきた。

「アヴァル」

ルカが口にした言葉に、ゼインは怪訝《けげん》な顔をする。

それは神の言葉と言われているいにしえの言語だった。

「アヴァル――林檎《りんご》がどうした？」

なんでもないことのようにルカが答える。

「それが私の真名《まな》です」

ゼインは唖然《あぜん》として、しばし無言になった。

そののちに憤りのまま靴裏で思いっきり床を蹴《け》った。

「その綺麗な顔を蹴り潰されてぇのかっ⁉」

「本当のことです」

「そんなわけがあるかっ！」

真名とは、通常もちいる名前とはまったく違う性質のものだ。

それは人によって授けられるものではない。神によって生まれながらにして与えられたものであり、夫婦や親子であっても互いの真名を知らないことがままあるほどの、大切なものなのだ。

真名をもって命じられれば、相手のどんな要求にもしたがわなければならない。意思で命令に抗《あらが》うことはできない。

いまルカは、それをゼインに告げたと言うのだ。

「信じられるわけがねぇ——お前の言葉など」

吐き捨てるようにゼインが呟《つぶや》くと、ルカが苦笑を浮かべた。

「それは当然ですね。私があなたを陥れ、つらい人生を歩ませたのですから。そのことは心から申し訳ないと思っています。だからこうして再会したあなたに、真名を捧げたのです」

「……」

ルカが目を細める。

「なんでも私に命じてごらんなさい。そうすれば、本当の真名であるかがわかるでしょう」

「死ねと命じれば死ぬとでもいうのか？」

「真名においてあなたが命じるならば」

これもまた罠に違いない。真名を教えたふりをするために、ルカは命じられたことをこなすだけなのだろう。

しかしたとえアヴァルが真名でなかったとしても、ルカを痛めつけられるならば、それは大いに意味のあることだった。

――殺すのは、いたぶり尽くしてやってからだ。

高貴な生まれであり、修道院で清らかに育てられたルカが確実に嫌がるであろうことを強《し》いてやることにする。

ゼインはルカの顔の両脇に膝をつき、脚衣《きやくい》の前立てを開いた。

ルカの顔を眺めながら、たっぷりとした重たい陰茎を握り出す。

すぐ間近で露出《ろしゆつ》されたものを見せつけられて黒い眸が揺らいだことに、ゼインの胸は躍った。

嗜虐心《しぎやくしん》を噛み締めながら、ゆっくりと命じる。

「アヴァル、お前の口で俺を満足させろ」

わずかに抗うように身動《みじろ》ぎしたものの、ルカは目を伏せて、後頭部を床から上げた。震える唇が、自分の厚みのある先端に押しつけられるのをゼインは見る。

誰にも心を許さない子供だったルカ。

世界を遮るように前髪を目にかかるほど伸ばし、その目はいつも瞼《まぶた》を伏せ、長い睫毛《まつげ》を深く下ろしていた。

『お前はいっつも世のなかの半分しか見てねぇのな』

陰気なルカのことを何度そうからかっただろう。

けれどもルカはどれだけからかっても、目を上げてゼインを見ようとしなかった。だから背の高いゼインのほうがいつもかがまなければならなかった。下から見上げるかたちで視線を合わせたときの、ルカの困惑した顔が脳裏《のうり》に甦《よみがえ》る。

あの頃のルカの姿が、いまここにいるルカの姿に重なり、ひとつに溶けた。

——……こいつは、ルカ、だ。間違いなく、ルカだ。

ふいにルカの眉が歪んだ。

ゼインの器官がむくむくと膨張しはじめたせいで、結んだ唇を強く押されているのだ。ルカのなめらかな眉間にきつく皺《しわ》が寄せられ……唇が開いた。

「ん…んむ」

喉から音を漏《も》らすルカの左耳へと、ゼインはベルトから抜いた短刀を寄せた。刃先で耳朶《じだ》をなぞる。

「嚙んだら、お前の頭は串刺しになるぞ」

真名が本物であろうといつわりであろうと、奉仕か死かという選択肢しかルカにはないのだ。

温かく潤《うる》んだ口内が嗚咽《おえつ》を漏らすようにわななくのを、ゼインは陰茎でじかに感じる。

「舌を遣《つか》え」

愉悦《ゆえつ》に低くなった声で命じると、ルカはしたがった。

すっかり膨らんだ硬い器官に口腔を埋めつくされながらも舌を蠢《うごめ》かせはじめる。すでにかなり深くまではいっているのに、さらに奥へと誘いこむように粘膜が波打つ。

——ん？

亀頭をコリコリと喉奥で潰されて、ゼインは腰の後ろが引き攣《つ》れるような感覚を覚えた。

ルカがみずから顔を回したり前後に動かしたりして、陰茎のあらゆる場所に快楽を与えてくる。

ルカの肉の薄い頬に、亀頭のかたちが浮き出る。男を喰《く》らっている輪から、唾液と先走りが混ざったものが溢《あふ》れていく。

ゼインは自分が腹筋にきつく力を籠《こ》めていることに気づく。無意識のうちに精液を引きずり出されまいとしていた。

——まるで、娼婦だ。

このような技術を、いつどこでルカは身につけたのか。

少なくとも馴染《なじ》みの娼婦がいるのは間違いない。

いかにルカが浮世離れした様子でも、所詮《しょせん》は生身の男だ。そのようにして性欲を発散してきたのだろう。

ゼインは奥歯をギッと噛み、嘲《あざけ》りに口角を捲《まく》り上げた。

「お高く留まっててもやることはやってきたわけだ」

息が苦しいのか、ルカがいったん大きく口を開いて喘《あえ》いだ。

それからふたたび、口いっぱいにペニスを咥《くわ》えこむ。

ゼインは手指を拡げて、ルカの額を鷲摑《わしづか》みにした。そして命じる。

「俺の目を見ろ」

伏せられていた睫毛がわななないた。青く血管の浮く瞼がぎこちなく上げられていく。

目が合ったとたん、ルカの眸が困惑に震えた。……少年のころ、下から顔を覗きこんだときのように。

「は…」

ゼインは荒く息をつくと、視線を重ねたまま強張った腰をぶるりと震わせた。

陰茎の底から先端までを塊《かたまり》のように濃い種液が突き抜け、ルカの口のなかへと放たれていく。

飲めと命じようとすると、しかしその前にルカが喉を大きく蠢かした。

釘付けになったようにゼインの目を見たまま、そうするのが当たり前であるかのように懸命に種液を嚥下《えんげ》している。

そのことに、ゼインは違和感を覚えた。

商売女にされたことを再現しているにしても、果たして男の種をこのように飲めるものなのだろうか——、だが、その違和感は次の瞬間、下腹部から湧き上がった痺れに飛び散った。

「なに、を、ルカ…っ」

射精を終えたペニスからさらに体液を吸い出そうと、ルカが口内のものを吸引しはじめたのだ。中枢の管がジンジンして、緩みかけていた性器の表面がふたたび張り詰めていく。

ルカの舌が、狭い口腔でくねりながら、絡みついてくる。

いまやその黒い眸はぬめり、目の縁を紅《あか》く爛れさせていた。床に流れる黒髪が人形めいた面立ちを際立たせている。

「ぐっ」

ゼインは喉を鳴らすと、右手の短刀を床に突き立てた。そうして、両手でルカの頭部を挟み、抱えこむように摑んだ。

そのまま猛然と腰を遣いだす。

ルカが唇を歯に被せ、ゼインのものを傷つけないように心配りをする。それがいっそうゼインの気を逆撫《さかな》で、同時に快楽を煽《あお》った。

二度目の射精に及んでから性器を引き抜いたとき、ルカの薄い唇は淫《みだ》らに色づき、腫《は》れていた。目を閉じて、口だけを犯されたままに丸く開いている。白く染まった舌がくねるのが見えた。あまりの淫らさに鳥肌がたつ。

――……ルカは、こんなじゃない。ルカは……。

このまま青年の頭を床に叩きつけて、目の前から消し去りたいという衝動に駆られる。

「っ…」

それをなんとか踏み止《とど》まった。

十一年溜めつづけた怨嗟は、この程度の行為でわずかも晴れない。いまここでルカを殺すことは簡単だが、それでは怨嗟をぶつける対象を永遠に喪《うしな》ってしまうのだ。

口のなかのものをすべて飲みこんでから、ルカが目を開けた。

「私が真名を捧げたと、信じてもらえましたか？」

ゼインは充血した目でルカを見据えた。

質問には答えずに、問い返す。

「真実を答えろ。あの船の奴らを殺したのは、お前か？」

ルカが首を横に振る。

「違います。あれは私の船でしたから、そのようなことをするわけがありません」

「お前の船だと？」

口を酷使されたあとのいくらか曖昧《あいまい》な発音で、ルカが答える。

「そうです。私は二年前、大司教様から取り替え子ではなく人として生きることを許されました。そして父の援助によってあの船を用意し、海商となったのです」

黒髪によって取り替え子だと判断されて修道院に入れられた者は、ほとんどが自由になることを許されない。

ルカは公爵家の子息であったうえに、大司教の信頼を勝ち得たために、修道士以外の生き方を選ぶことができたのだろう。

それでも二十三年間を不自由に過ごさなければならなかったのだ。

そのルカが、自身の船と自由をみずからの手で潰すとは考えられなかった。乗組員と乗客がすべて死亡したとあっては、やはり不吉な取り替え子であるのだと判定され、修道院に戻されることになるに違いなかった。

ルカが宙を見据えながら呟く。

「修道院に戻るぐらいなら、あなたに殺されたほうがマシです」

ゼインはルカのうえから退くと、床に刺した短刀を引き抜きながら硬い声で問い質《ただ》した。

「お前は、俺に逢うためにあの船にいたと言ってたな。預言の力でわかってたわけか？」

どれほど気の毒な境遇に見えても、哀れに思えても、ルカに同情して心を許してはならないのだ。

潤んだ黒い眸がゼインを見上げる。

「この航海であなたに逢えると強く予見していました」

「それならお前の船があんなことになるのも予見できてたんじゃねぇのか？」

「私とて、なんでも見通せるわけではないのです。むしろ見えていることは、とても少ない」

ほのかな笑みが、ルカの口許に滲む。

「重要なことだけが、鮮明に見えるのです。だから私は一週間前、いくらか不吉な予感を覚えながらも、あなたに逢うために出航する決断をしたのです」

ざわりとしたものが尾骶骨《びていこつ》から首筋まで這い登るのを、ゼインは覚える。

――それじゃあ、なんだ……。

口のなかが急速に渇いていくのを感じる。
——俺と再会するために、大量の生贄《いけにえ》を捧げたようなもんじゃねぇか。
ゼインは険しい表情で、短刀の柄をグッと握りなおした。

2

災いの預言者・ルカ。

修道院に住む、ゼインと同い年のその少年は、村でそう呼ばれていた。

領主であるホルム公爵の三番目の子息が、取り替え子の証しである黒髪で生まれてきたことは当時、領民を不安に陥れた。

公爵はルカが生まれるとすぐにフェアリードクターを呼びつけ、取り換えられた実の我が子を妖精界から取り返そうとした。しかしそれは叶わず、ルカは赤子のうちに修道院に預けられることになったのだった。

修道院には公爵の領内のすべての黒髪の子供が集められており、その数は十人ほどいた。……修道院に預けられるのはまだいいほうで、親の依頼を受けた産婆によって命を絶たれることも多いのだ。

取り替え子たちは修道院の高い壁から外に出ることは許されない。

だからゼインが取り替え子たちを目にするのは、父親とともに自分の家で採れた根菜類を届けに行くときや、修道院内の礼拝堂でおこなわれる日曜礼拝のときだけだった。

日曜礼拝では同年代の村の子供たちと一緒ということもあって、よく取り替え子たちの黒髪をからかった。そんな時は黒髪の子供たちと取っ組み合いになることもあった。喧嘩《けんか》をしていると、黒髪なだけで自分たちとなにも違わないんだと、ゼインは妙に嬉しいような気持ちになったりもしていた。

そんななか、ひとりだけ異質な空気を放っている黒髪の子供がいた。

ルカだった。

彼のことは、村の子供たちも遠巻きに見ているばかりだった。

公爵の子息などからかったら、あとでどんなお咎《とが》めがあるか知れない。

しかもルカは不吉な預言ばかりするのだ。

大きな天災を言い当て、果てには皇后の死を預言した。そして本当にルカが告げた日時に、皇后は亡くなったのだった。

果たしてルカは本当に預言しているだけなのか？

あるいはルカが口にした災いが現実のものとなるのか？

人びとはルカのことを「災いの預言者」と呼び、腫れ物に触るように扱った。その力のせいなのか、ルカはあまり人前に姿を現さず、ゼインも日曜礼拝でたまに見かけるぐらいのものだった。

ルカはフードのついた灰色の修道服を着ていて、ほかの黒髪の子供たちの誰よりも深くフードを被っていた。垣間《かいま》見《み》える癖のない黒髪は肩にかかるかかからないかの長さで、前髪は目を隠す長さに切りそろえられている。その綺麗な鼻筋や薄くてかたちのいい唇がフードの下から覗くたびに、ゼインは心臓を引っ掻かれるような感覚を覚えた。

ゼインは知らず知らずのうちにルカの姿を捜し、目で追うようになっていた。

けれどもルカがゼインを見返すことはなかった。彼はゼインの存在すら認識していないようだった。

それがなにか無性《むしょう》に腹立たしくて、ゼインは九歳のとき、ルカの前に仁王立ちして行く手を阻んだ。

「邪魔です」

ルカは顔を伏せたまま、そう言った。

初めて聞いたルカの声は、澄んでいて綺麗だった。

もっと声を聞きたくなったゼインは、自分より背の低い少年を見下ろしながらからかった。

「お前はいっつも世のなかの半分しか見てねぇのな」

「見えないものが多いほうがいいですから」

ちゃんとした言葉が返ってきたことに、ゼインは驚き、ワクワクした。

それからというもの、ルカが視界にはいるたびにゼインは飛んで行って、からかうようになった。その頃にはルカは毎週の日曜礼拝に姿を見せ、しかも礼拝後に前庭を自由に出歩くようになっていたから、週に一度の楽しみだった。しかしどんなにからかってもルカは目を上げてゼインを見ようとはしなかった。

何度目かにからかったとき、なんとかルカの視界にはいろうと、ゼインは腰をかがめて下からルカの顔を見上げた。すると、黒い眸がゼインを見た。

黒水晶のような眸に、吸いこまれそうになった。

ほかの取り替え子たちは髪は黒くても、眸の色は茶色や緑や青だった。ルカのような眸をもつ者はどこにもいなかった。

見詰めあうときのルカの困惑した表情と、稀有《けう》の眸を、ゼインはとても気に入った。

ゼインが十二歳のとき、両親が揃《そろ》って流行《はや》り病《やまい》に倒れた。ひとり息子のゼインは懸命に両親の看病をしたが、ほかの村の者たちと同様にゼインの家はあまりに貧しく、医者に診てもらっても薬を買う金がなかった。ここ数年、国の方針で収穫物のほとんどを税として納めねばならず、民の生活は苦しくなる一方だった。そんななかで、流行り病が弱った人びとに襲いかかったのだ。

もう神に祈るしかないと、ゼインは礼拝堂に行った。礼拝堂はゼインと同じように家族のために祈る者たちで溢れ返っていた。

神とはノーヴ帝国皇帝のことであり、礼拝堂の最奥の壁には代々の皇帝と皇后の姿を象《かたど》ったステンドグラスが嵌《は》めこまれている。ステンドグラスはすべて去年、新しく作りなおされたもので、見ているだけで恍惚《こうこつ》となるような煌《きら》びやかさがある。

ゼインは礼拝堂の床にひざまずいて懸命に神に祈っていたが、そうしているうちに胸の底からもやもやとしたものが湧き上がってきた。

このステンドグラスを作るぶんの金で、この村の人びとは栄養のあるものをたくさん食べられて、そうすれば流行り病も撥《は》ね退けられたのではないのか？　医者から薬を買うことができて、命が助かるのではないか？

いったんその考えに囚われると、祈ることが無意味なように思われて、ゼインは重い足取りで礼拝堂の扉から外に出た。

するとちょうど通りかかったルカの姿が目に飛びこんできた。

ゼインはとっさにルカに走り寄ると、いつものように通せんぼをした。しかしまるで喉を絞められているかのように声が出ない。どうにもならない気持ちがいまにも爆発しそうで、ルカの両肘をぐっと摑んで腰をかがめた。

下から顔を覗きこむと、ルカの眸がいつもとは違う感じに、ゆっくりと見開かれた。

そうして、黒い眸から涙がぽろりと白い頬へと落ちた。

ルカは言葉をひとつも発しなかったけれども、ゼインにはわかった。

——……そっか。父ちゃんも母ちゃんも、死んだ。

それから三日後に母が、四日後に父が亡くなった。

親戚の手を借りて質素な墓を作ってから、ゼインは礼拝堂で両親が「神の護る島」で安らかに過ごせるように司教に祈りを上げてもらった。

よき人生を送った者は常春《とこはる》の「神の護る島」に渡る。

悪《あ》しき人生を送った者は常冬《とこふゆ》の「見捨てられた島」に閉じこめられる。

項垂《うなだ》れて礼拝堂を出たゼインは、灰色の修道服を着た者に行く手を阻まれた。

泣き腫らした瞼を上げると、そこにはルカが立っていた。彼のほうから接してくるのは、初めてのことだった。

珍しくルカはフードを脱いでいた。黒い髪はまるで絹糸のようだ。それがさらさらと揺れて、ルカが深く頭を下げた。掠れ声が呟く。

「ごめんなさい」

ゼインはルカの肩に手を置いて、言った。

「お前はただ見えただけだって、わかってる」

頭ではちゃんとわかっている。

ルカは未来が見えてしまったから涙しただけなのだ。決して、ルカが両親に死をもたらしたわけではない。

けれどもゼインは、ルカの眸を見るのが怖くなってしまっていた。

だからいつものようにかがんで下から覗きこむことなく、修道院をあとにした。

それからゼインは森の向こう側にある隣村の叔父のところに引き取られた。その村にも小さな礼拝堂はあったので、修道院まで行くことはなくなった。

ただ、森には頻繁《ひんぱん》に行くようになった。

森にあるという「妖精の輪」を探すためにだ。

「妖精の輪」には決して近づいてはいけないと、子供のころから言い聞かされてきた。そこは不思議な磁場をもつところで、「妖精界」だけでなく「神の護る島」や「見捨てられた島」にも通じているのだという。

……死者ともう一度会える場所。それが「妖精の輪」なのだ。

ゼインはどうしても両親にもう一度会いたくて——「神の護る島」に渡って元気になった両親の姿をひと目見たくて、森を彷徨《さまよ》ったのだった。

「妖精の輪」はきのこが円形に並び生えたところにある。ゼインは叔父の牧場の手伝いを終えたあとに「妖精の輪」を探して広大な森を歩きまわり、地図を作っていった。

それは深夜にまで及び、カンテラを片手に森にはいった。森の奥のほうには狼が棲《す》むというから、短剣二本をベルトに提げていくのも忘れなかった。

十四歳の初夏の夜。

その晩もゼインは「妖精の輪」を探しに森にはいった。

すると前方から狼の鳴き声が聞こえてきた。獲物を見つけて、仲間を呼ぶときの遠吠えだ。ゼインはすぐさま踵《きびす》を返そうとしたが、その時、並び立つ木々の幹の合間からちらりと光が見えた。

思わず動きを止め、目を眇めて凝視する。

――カンテラの光、か？

だとしたら、狼が見つけた獲物は人間ということだ。

こんな場所で狼に囲まれたら命取りだ。

また光が揺れるのが見えた。

「……くそっ」

ゼインは短剣を抜くと、左手のカンテラを掲げながら走りだした。

木々のあいだを縫《ぬ》って走り抜けていくと、狼の唸《うな》り声が大きくなった。心臓が竦《すく》むのを覚えながらも、それを振りきるように走る。

ほっそりとした黒いマント姿のシルエットが浮かび上がる。

おそらくその人も、背中を向けて逃げたら一気に襲われるという知識があるのだろう。後ずさりして距離を置こうとしているらしい。

——狼は……二匹かっ。

ゼインはその人の横まで走ると、一匹にカンテラを投げつけた。鼻先を強打された狼がギャンと鳴く。

続けてマントの人の手からカンテラをもぎ取ると、それももう一匹に力いっぱい投げつけた。

「逃げるぞ！」

その人の手首をぐっと摑んで、来た道を走りはじめる。

鬱蒼《うっそう》と茂る木々の葉の隙間から降る月光が、ほの青く漂うように森のなかに籠もっている。

ゼインは頭に叩きこんである自作の地図を頼りに走った。ちょっとした岩や木の特徴が、地図の目印だ。

狼の咆哮が追ってくる。

先ほどの二匹以外の狼も駆けつけて、狩りに加わったようだ。

すぐ斜め後ろで獣《けもの》が地を蹴った音がした。ゼインは走りながら身をひねり、狼のぱっくりと開かれた口へと短剣を投げこんだ。狼の身体が宙でうねり、地に転がり落ちる。

手を引いている相手はすでに息が切れて、足許が覚束《おぼつか》なくなっている。なにかにつまずいて倒れそうになるのを助け起こしながら、ゼインは励ますように教えた。

「もう少しだ！」

頭のなかにある地図は正確だった。

目指していた木が姿を現す。

「あの木に登るんだっ」

それは落雷で縦に裂けた大木だった。二股になった部分に足をかけられるため、容易に登ることができる。

ゼインはマントの人を先に木に登らせて、残った短剣を手に狼たちのほうを向いた。

——四匹か。

狼たちが弧を描くように並び、腰を低くする。

一斉に飛びかかってきた。

ゼインは跳躍して枝に摑まると、一匹の狼の頭を蹴り飛ばしながら身体を引き上げた。そうしてすぐに次の枝を摑んで登る。

狼たちが幹に前脚をかけて吠え、木の周りをぐるぐると走る。

ゼインは黒いマントの人が座っている枝の、すぐ横の枝に跨《また》がった。ふたりとも息が上がっている。

「ありが、とう、ございました」

乱れた呼吸のあいだから押し出すようにマントの人が言い、フードを被った頭を下げた。

マントの輪郭や手首の細さからして女性かもしれないと思ったが、それは少年の声だった。

ゼインは大きく息をついて、年の近い同性への気安さからちょっと笑った。

「なに真夜中に狼のいるところついてんだよ。まあ俺も人のこと言えねぇけどな」

そう言いながら、改めて助けた相手に視線を向けた。

ここには月光が木漏《こ も》れ日のように降りそそいでいるが、マントのフードを深く被っているせいで、相手の顔はよく見えない。

その感じが、懐かしい感覚をゼインのなかに呼び起こした。

あれはもう二年も前のことだ。

両親の死に打ちのめされていたとはいえ、『お前はただ見えただけだって、わかってる』などと理解のあるようなことを言って、その癖、未来を見通す黒い眸が恐ろしくて、自分は逃げ出したのだ。

そのことがいつも、粗い砂のように胸のなかでザリザリとしていた。

それでいて、森のなかの小道を一時間も歩けば生まれ育った村に行けたのに、ゼインはこの二年間、両親の命日に墓参りに戻っただけで、修道院に近寄ることはなかった。

――あいつ、どうしてるだろうな……。

いまも世界の下半分と、見たくもない未来を見ながら過ごしているのだろうか。

「妖精の輪を」

ふいにフードの下から声がして、ゼインは我に返った。

そして、まじまじと相手を見詰める。

「妖精の輪を探していました」

記憶にあるものよりはいくらか低いけれども、その底にある澄んだ音はそのままで。

ゼインはわななく手を幹について、マントの少年のほうへと身体を向け——上体を伏せるようにして下から相手の顔を覗きこんだ。

黒水晶の双眸《そうぼう》が、困惑しきったように見返してくる。

「……ルカ」

呼びかけたとたん、ルカは慌てて目をきつく閉じた。

「見ませんから」

ルカもまた、二年前のことを気に病《や》みつづけていたのだ。

——俺がだらしないから、傷つけたんだ。

ゼインが知る限り、ルカの眸を見ようとするのは自分ぐらいのものだった。修道士たちも黒髪の子供たちも村の大人も子供も、ルカの眸をわざわざ見ようとはしなかった。

——それなのに俺は無理に覗きこんでおきながら、逃げた。

ルカは顔を覗きこむといつも困ったようにしていたが、それでもゼインを避けることはなかった。

自分たちのあいだには、特別な繋《つな》がりが確かにあったのだ。

「なあ、ルカ。俺……」

二年前のことを謝ろうとしたその時、森の奥から遠吠えが聞こえてきた。獲物を見つけた狼が仲間を呼んでいるのだ。

木の下の狼たちが口ぐちに遠吠えを返す。そしてゼインたちを恨みがましそうな目で睨んでから、森の奥へと走りだした。

「あいつら行ったぜ。俺たちの勝ちだ！」

ゼインが興奮して拳を宙に上げると、ルカがマントの輪郭《りんかく》をかすかに震わせて笑った。

「ゼインは相変わらずですね」

ルカが笑ってくれたことが素直に嬉しくて、こうして再会できたいま、辛気臭《しんきくさ》く謝るのはなにか違うのかもしれないと思えた。

だからゼインはルカに言った。

「一緒に探そうぜ」

フードの下でルカが小首を傾げた。

「お前さっき、妖精の輪を探してるって言っただろ」

ルカのほっそりした顎《あご》がかすかに頷く。

「俺も妖精の輪を探してるんだ。だから一緒に探そう」

「え…」

ルカが顔を上げようとして、しかしすぐにフードを手でぐっと引き下げた。

「でも――僕は足手まといにしか、なりません」

「そんなのどーでもいいだろ。俺がお前と一緒に探してぇんだからさ」

言いながら少し照れてしまうと、ルカの唇が震えた。震えてから、唇の端《はし》に笑みを浮かべた。

そして言ってくれたのだった。

「ゼインと一緒に探せたら、嬉しいです」


再会した翌日から、ふたりでの「妖精の輪」探しが始まった。

修道院は就寝が早く、起床も早い。ルカは修道院から人目を忍んで抜け出してこなければならないため、かならず毎晩、森に来られるとは限らなかった。集合時間を決めて、その時間までに来られたら一緒に探す、ということにした。

ひとりで森を彷徨っていたときは、なにかみじめなような気持ちになることがよくあったけれども、ルカと一緒だとそういう気持ちは不思議と起こらない。

「俺は父ちゃんと母ちゃんに会うために探してるけど、ルカは妖精の輪でなにをしたいんだ？」

夜の森をカンテラの光を頼りに歩きながら尋ねると、フードの下からルカが答えた。

「僕が本当に取り替え子なのかを知りたいんです。それと、予見する力をなくしてもらいたくて……」

「——その力があると、すげぇ苦しいんだろうな」

ルカがよろけるように立ち止まって、身を震わせた。

「この目がなにも見えなくなればいいって思います。それで何度も潰してしまおうとしたけど、できなくて」

その言葉にゼインはゾッとして、思わずルカの肩を掴んだ。薄い、砕けそうな肩だ。

「そんなのはダメだ！」

「でも……ゼインにもつらい思いをさせました」

「それは違うだろ！　お前はなんにも悪くねぇし、俺になんにも悪いことなんかしてねぇ」

なかば怒鳴るようにゼインは続ける。

「だいたい、そんな綺麗な目を潰していいわけがねぇだろっ！」

思いきり言ってしまってから、動揺して赤面する。

「いや、その、綺麗ってのは……」

するとルカの肩を掴んでいるゼインの手に、ルカの細い指先がおそるおそるの仕種《しぐさ》で触《ふ》れてきた。

「……綺麗って、本当に？」

ゼインはヤケクソ半分で答える。

「ああ、ああ、本当だよ。初めて見たときから、すんげぇ綺麗な目だって思ってたんだからな」

「――」

「なんだよ、気持ち悪いとか言うなよ。一応は褒《ほ》めてやってんだから。だいたいな、綺麗だと思ってなかったら、あんな何回もわざわざ見なかったし――」

気恥ずかしさを紛らわせようと矢継《やつ》ぎ早《ばや》に言葉を継ぐと、ルカの手指がギュッとゼインの手を握ってきた。その手から震えが伝わってくる。

泣きかけの声でルカが呟いた。

「ありがとうございます」

なんだかゼインまで泣きたいような気持ちになってきて、短く洟《はな》を啜《すす》って、わざと乱暴な調子で言った。

「ほら、とっとと行くぞ。俺たちなら妖精の輪のひとつやふたつ、ぜってぇ見つけられんだからな！」

そんなことがあってから、ゼインはいっそう妖精の輪探しにのめりこんでいった。

ルカは二日か三日に一度しか来られなかったが、もうひとりでもみじめな気持ちになったりはしなかった。

——俺がルカの望みを叶えてやるんだ。

妖精の輪を見つけて、ルカのあの忌《い》まわしい力を妖精に解《と》いてもらって……そうしたら、ルカはもうフードで隠すことも長い前髪で隠すこともなく、世界の上半分を安心して眺められるようになる。

——俺のことも、見てくれるようになる。

また悪い予見をしないためなのだろう。ルカは頑《かたく》なにゼインの目を見ようとしない。そしてまたルカの苦しみを知ったいま、無理に彼の眸を覗きこむことはゼインもできなかった。

すぐ横にいるのに、視線を重ねられない。

それが無性にもどかしくてたまらなかった。

ひと夏、ゼインはルカとともに夜の森を探索した。狼に出くわして木に登ったり、崖から落ちて足をくじいたルカを背負ったりもした。むわっとする夏の夜気、それに濃密に混ざる草と土の匂い。

ふとした瞬間に、身体の奥底からなにかがじわりと滲み出てくるような感覚が起こる。気持ちいいような、いたたまれないような、かたちのよくわからないものだ。

そんな時はルカの眸を見たくて仕方なくなって、その衝動を抑えこむのに苦労した。

ルカに会うごとに本来の目的がぼやけていくのを、ゼインは感じていた。

夏が終わり、秋の気配が森のあちこちに漂いはじめた。

いまだ妖精の輪に辿り着けていないふたりは焦っていた。もうすぐ雪が降り、森を探索するのは困難になる。このあたりは雪の降る時期が長いのだ。

ゼインは悩みながら、ルカに打ち明けた。

「妖精の夜に、探してみようと思うんだ」

倒木に並んで座っていたルカが驚いたように息を吸った。

「でもそれは禁じられています。妖精の夜はとても危ないから、決して森にはいってはいけないんです」

十月の最後の日の夜。

それは「妖精の夜」と呼ばれ、妖精界と人間界がもっとも近くなるとされている。

同時に「神の護る島」と「見捨てられた島」も近くなるのだ。

よい死者も悪い死者も、よい妖精も悪い妖精も、危険な妖魔も、妖精の輪から出てきて森を徘《はい》徊《かい》する。

この国の人びとは、だから「妖精の夜」には家の扉を堅く閉ざし、決して外に出ない。死者や妖精に連れ去られたり、妖魔に襲われたりしないために。

「ルカは来なくていい。その晩なら死者や妖精が出入りするから、妖精の輪を探しやすくなる。ルカのことは別の日に連れて行ってやる」

口に出していくうちに、迷いは消えていった。

ルカを「災いの預言者」という呪いから、自分が解放してやるのだ。そう心が定まり、どんな困難でも乗り越えられそうな力が身のうちに宿っていた。

そうして「妖精の夜」が訪れた。

ゼインはいつものように叔父の家の屋根裏部屋を抜け出し、馬小屋の藁《わら》のなかに隠してあるカンテラや短剣を回収して、森へと向かった。空気は冷たく冴え冴えとして、星のひとつひとつがくっきりと見えた。

村の人びとは習わしどおり家に籠もっているようで、人影ひとつ見ることなく、ゼインは森に辿り着いた。

木の陰に隠れながら、そうっと森のなかを覗きこんだゼインは、危うく悲鳴を上げそうになって、自分の口をバッと手で塞《ふさ》いだ。いったん幹に背中を押しつけてから、もう一度、森のなかを見る。

ぼんやりと発光するものが、木々の合間を縫うようにいくつも彷徨っていた。

地面を滑るように動く白いものは、朧《おぼろ》だが人間の大きさとかたちをしている。葉が落ちはじめた木々の梢《こずえ》を飛びまわっている発光体はほのかな緑色だ。そしてそれらとは別に、ゼインの倍ぐらいの大きさの二足歩行の獣や、ゼインの膝ぐらいの背丈の人型のものも、光る影のように徘徊していた。

見ているだけで心臓がバクバクして、項《うなじ》が冷たく痺《しび》れだす。

この森にはいって妖精の輪を見つけることなど、とうてい不可能なことのように思われた。

――でも……。

自分の目を見ながら屈託なく笑うルカを想像すると、むくむくと勇気が湧いてきた。

ゼインはカンテラの灯《あか》りを消して木の根元に置くと、短剣を握り締めて、森へと足を踏み入れた。

光るものたちとは逆行するかたちで、身を隠しながら進んでいく。

ときおり動きを止めて、じっとこちらの様子を窺《うかが》うものもいて、その度にゼインは呼吸すら止めて、やり過ごした。

低木のなかを這《は》っているとき、狼の頭部をもつ巨大なものが鼻を寄せて匂いを嗅ぐ仕種をしてから、裂けた口をガバッと大きく開いた。ゼインのすぐ横の小枝がバキバキと折れて地に落ちる。もし噛まれれば、ゼインもあの小枝のようになるに違いない。

その獣型のものは納得がいかないようにうろつき、ゼインの周りの枝をどんどん噛み砕きだした。このままでは丸見えになって噛み殺されてしまう。

しかし走って逃げたところで、この獣から逃げられるとは思えない。ゼインは短剣を握り締める。果たしてこれで、異界のものを斬《き》れるのだろうか？

――次に獣が顔を突っこんできたら、ダメ元で斬りつけて、逃げよう。

そう心を決める。

獣が巨大な鼻先を小枝のなかに突っこんできた。ゼインは短剣を振り上げようとして……その手首を摑まれて、横にぐいと引っ張られた。

「ゼイン、走ってください！」

ルカの声だった。

どうしてルカがここにいるのか。自分の身も護れそうにないのに、どうやってルカを護ればいいのか。ルカはいったい、どこに向かって走っているのか。

混乱状態で疑問を溢れ返らせながらも、ゼインはルカに引っ張られるままに走った。

しかしルカが急に立ち止まる。

「おい、逃げねぇと！」

「もう大丈夫です」

「なにがどう大丈夫なんだ？　あいつが来るぞっ」

ルカを背後に隠して獣に応戦しようとすると、左手をギュッと握られて引っ張られた。

「『路《みち》』から出たらいけません」

「路って、なんの――」

足許から銀色の光が溢れていた。ゼインはびっくりして下を見て、目を見開いた。

無数の小さな星がみっしりと地を埋め、発光しているのだ。

ルカもまた驚いたように訊《き》いてきた。

「もしかして見えるんですか？」

「光ってる……これ、スナゴケか？」

森の地面のあらゆるところに生えている緑色のスナゴケ。その一部がいま銀色に光って、文字どおり「路」を作っているのだ。

ゼインはハッと我に返る。

「って、それより獣をっ」

ルカと手を離した瞬間、あたりが暗くなった。獣はすぐ目の前をうろついている。

「ここは今夜だけ現れる妖精の路です。あの妖魔ははいってこられません。この路はきっと妖精の輪に続いているはずです」

獣――妖魔は飛びかかってこようとするものの、壁にぶつかったように動きを止める。ルカの言っていることは本当なのだろう。

ゼインは額の汗を腕で拭うと、暗い地面を凝視した。

「さっきの光る路は、ルカにはいまも見えてるのか？」

「え？　いまは見えないんですか？」

「見えない」

なにかそれが、ものすごく嫌なことのように感じられた。

「どうしてでしょう。手を繋いだからゼインにも見えたんでしょうか？」

ルカが小首を傾げる。

「なんでお前には見えんだよ？　なんでその路が安全とかわかるんだよ？」

嫌な気持ちを八つ当たりぎみにぶつけてしまう。

「なんでって……」

フードの下で深く俯《うつむ》いているせいでルカの顔は見えなかったが、哀《かな》しそうな表情をしているのが伝わってきた。

「見えるのも、安全だって自然にわかるのも、やっぱり僕が取り替え子だから……なのかも」

こんなに近くにいるのに、遠い場所に立っているような気がして。

ゼインは左手をルカへと乱暴に突き出した。

「見せろよ……お前と同じものを、俺にも見せろよ」

その言葉にルカがビクッと身を竦ませ、首を横に振った。

「僕と同じものなんて見えないほうがいいです。大丈夫です。ちゃんと妖精の輪まで案内しますから」

そう言って歩きだそうとするルカの手指に、ゼインは叩きつけるように自分の手指を絡ませた。

下から銀色の光が溢れるなか、ルカが振り返り、驚きに顔を上げてゼインを見た。

人形めいた顔立ちが銀の光に照らされ、黒水晶の眸が鮮やかに浮かび上がる。

――すげぇ……。

この世のものとは思えないほど綺麗なものが目の前にあった。

けれどもそれは数秒のことで、ルカは慌てて俯き、フードを顔に引き下ろした。

「行きましょう」

ルカが足早に歩きはじめる。

指を互い違いに絡めて手を繋いだまま、輝く小さな星を踏みながらふたりで歩いていく。

まるで耳元まで心臓がせり上がったみたいに、鼓動がうるさい。重なる掌《てのひら》もドキドキしている。

……ルカの掌もドキドキしているのが感じられた。

――妖精の輪になんか、着かなきゃいい。

ずっと探していたはずのものが、いまこの瞬間に比べれば、まったく価値のないものに感じられていた。

このままどこまでもルカと歩きつづけたい。

天にかかる星の川のうえを歩いているかのようなふわふわした気持ちはしかし、ふいに途切れた。

ルカが立ち止まり、左手を前方へと向けた。そのほっそりした人差し指が示す先に、銀色に光る輪があった。

ゼインは緊張に身を硬くしながら呟く。

「あれが――妖精の輪」

輪から次々と、死者や妖精や小人や妖魔が出てくる。

ルカと手を繋いでいるせいなのだろう。輪郭も現実のものと同じほどくっきりしていて、人の顔立ちまでわかる。「神の護る島」へ渡った者と「見捨てられた島」に渡った者はひと目で見分けがついたし、妖魔は寒気がするほどおぞましい姿をしていた。

ゼインは両親がいはしないかと、慌ただしく視線を巡らせた。

「大丈夫です。強く念じながら輪にはいれば、かならずご両親に会えます」

ルカの手が、手のなかから消えた。

慌てて手を繋ぎなおそうとすると、ルカが逆に両手でゼインの手を握ってきた。

「ゼインとまた会えて……一緒に妖精の輪を探せて、本当に楽しかったです。ありがとうございました」

震える声と「ありがとうございました」という言葉が、ゼインの心を深く引っ掻いた。

なにかまるで、もう二度と会えないかのようで。

「……ルカ？」

問い質そうとすると、ルカはゼインの手をパッと放して、走りだした。

「おい、ルカ！」

ルカを追って、ゼインもまた妖精の輪へと――いまは銀色の光は見えず、円形に並んでいるきのこと、そこから溢れる靄《もや》のようなものが見えるばかりだ――走った。

きのこの輪に足を踏みこむ瞬間、ゼインの指先はルカのマントにわずかに触れた。

地面が消えて、身体がほの昏い中空へと放り出される。

――ルカ！

ルカのことだけを想いながら、ゼインの意識は遠退いていった。


「ん――」

瞼を開けた瞬間、視界が真っ白になった。ゼインは呻《うめ》きながら顔に眩《まぶ》しく降る光を拭った。

――俺は、妖精の輪に飛びこんで……。

思い出そうとすると、薄い翅《はね》のイメージが脳裏に浮かんで、消えた。

「……」

ひとつ大きく瞬きをして我に返り、バッと上体を跳ね起こす。

「ル、ルカっ」

慌ただしく視線を巡らせる。

ここは森のなかだった。眩しい木漏れ日が無数に、中空に線を引きながら地面へと落ちている。

ゼインのすぐ横には、きのこが円状に生えていた。昨夜の妖精の輪に違いなかった。

いま自分がいるのは、人間界なのか妖精界なのか、それともほかの異界なのか。なにも確信がもてないまま、ゼインはよろけながら立ち上がる。

緑色のスナゴケを踏んで、呼びかける。

「ルカ！　ルカ、どこだ？」

少し離れたところに黒い布が見えた。ルカのマントだろうか。

それを目指して低木を掻き分けていくと、ふいに手に激しい痛みを覚えた。見れば、掌に蚯蚓《みみず》腫《ば》れがいくつもできている。低木に荊《いばら》が生えているのだ。

ゼインは奥歯をぐっと噛み、身体のあちこちを引っ掻かれるのもかまわずに突き進んだ。

ようやく黒い布のところまで着く。やはりそれはルカのマントだった。力を得てさらに進んでいくと、荊が途切れた。

星形のスナゴケがやわらかく敷き詰められた地に、ルカが仰向けに横たわっていた。

白いリネンの夜着だけを身に着け、目を閉じている。捲れ上がった裾から覗くほっそりとした左腿を、陽光が白く舐めていた。

「ルカっ」

ゼインは駆け寄ってひざまずき、ルカの頬に手を押し当てた。温かい。薄い胸がゆるやかに上下している。眠っているだけのようだ。

安堵にゼインは息をつく。

そして、ルカの頬から手を離そうとして――離せなくなっていることに気づいた。

まるで頬と手が癒着《ゆちゃく》してしまったかのようだ。

なかば覆い被さる姿勢のまま困惑する。掌がドクドクしている。

無防備なルカの寝顔を見詰める。

彫り自体はあまり深くないが、その鼻梁《びりょう》は丹念に削り出されたように綺麗に通っている。眉は憂《うれ》いを含み、黒くて長い睫毛は朝露に濡れている……いや、朝露ではなく、涙なのか。白い頬には涙を流した跡があった。

わずかに開いている唇に視線を囚われる。

「――――」

なんだか胸が痛くなってきて、ゼインは視線を伏せた。すると今度は、深いところまで剝《む》き出しになっている左脚が目に飛びこんできた。両脚はなにかを招き入れようとしているかのように、しどけなく開かれている。

胸の痛みが、全身に拡がっていた。心臓も下腹部もズキズキする。

いつもは隠されているものを、いまならば見ることができる。触れることができる。

ルカの右頬に張りついていた手が、動いた。しかしルカの滑《なめ》らかな肌から離れることなく、首筋へと掌が流れる。その手がリネンの布のうえに乗り、鎖骨に指を引っ掻けながら、平らな胸に触れる。

――俺、なにを……。

どうして自分がこんなことをしているのかわからない。こういうことを男が女にするのは覗き見したことがあるから知っているが、それをどうしてルカにしているのだろう？

まるでなにかに操られているみたいだ。

でも、そもそもこれは現実ではないのかもしれない。妖精の輪にはいったときにルカのことを考えていたから、どこか別の世界でルカの幻とこうしているのではないか。それならば、なにをしてもいいのではないか。

――なにをしてもって……。

頭のなかに深く靄がかかっていく。

ただもう身体のあちこちにあるいまにも爆発しそうな疼《うず》きがつらくて、ゼインは乱暴にルカの胸をまさぐった。少しもやわらかさなどないのに、掌がゾクゾクする。みぞおちを擦《こす》り、痛々しいほど尖った腰骨に触れる。

「……ふ」

自分の吐息が熱くなっているのがわかった。

完全にルカに覆い被さって、腰骨をいじりながら寝顔を凝視する。薄っすらと開かれている唇に、吸いつけられて。

唇に頼りないほどやわらかな感触が当たる。

もっとはっきりとルカの唇を感じたくて、ゼインはきつく唇を押しつけた。唇から身体中に痛いほどの痺れが拡がっていく。心臓がバクバクする。

――もっと……もっと。

腰骨で躊躇《ためら》っていた手がたどたどしい動きでルカの腿へと這う。

ひんやりと滑らかな素肌の感触を掌で擦る。内腿へとずるりと手が滑った。

「んっ」

ルカの唇に嚙みつきながら、ゼインは目をきつく閉じた。

内腿の皮膚《ひふ》はまるで掌に吸いついてくるかのようだった。もどかしいほどの気持ちよさに、手指に力が籠もる。肉の薄い腿に指先が浅くめりこむ。

腿を摑む手と腰とが強張り、ビクビクと震えた。

ルカの唇を嚙んだまま、ゼインはくったりと力のはいらなくなった身体をルカのうえに落とした。

「はーーぁ、は…」

かすかに、下敷きにしている身体が蠢いた。

甘嚙みしているルカの唇が震えたのを感じて、ゼインは目を見開き、慌てふためいてルカのうえから飛び退《の》いた。

ルカの目が開く。黒い眸が彷徨うように動き、ゼインを見る。

罪悪感が急速にこみ上げてきて、ゼインはなにも言葉を発することができなかった。

ルカが上体を起こしーー自身の身体を見下ろした。

荊で傷ついた手で触れた場所には、リネンの夜着にも素肌にも、罪を暴くかのように血が付着している。

ようやくゼインは声を絞り出した。

「ご、めん」

ルカはかすかに首を横に振ると、深く俯いたまま地に落ちていた黒いマントを羽織《はお》り、立ち上がった。

フードを深く被ったルカが歩きだす。ゼインは躊躇ったのちに駆け寄って、ルカの右手を強張る手指で握った。

しばらく歩くと見覚えのある岩に行き当たった。これで森から確実に抜け出せる。

気まずい沈黙に耐えながら歩いて行くと、ふいに左手に圧迫感が起こった。

一方的に握られるままだったルカの手が、手を握り返してくれたのだ。ゼインが確かめるように握る手に力を籠めなおすと、ギュッと握り返された。

おかしなことをしてしまったことを、ルカは赦《ゆる》してくれたのだ。

――俺たちの関係は、壊れてないんだ。

安堵と嬉しさに、喉が詰まる。

ようやくまともに頭が回るようになってきて、ルカが妖精に予見の力を消してもらえたのかという疑問が浮かんできた。けれども、いま喋《しゃべ》ると声が震えて格好悪いことになりそうだったから、次に会ったときに訊くことにして、ルカを修道院の近くまで送ってから叔父の家に帰った。

……しかし、その機会は訪れなかった。

一日を置いた朝、叔父の家に白い軍衣をまとった五人の修道騎士が踏みこみ、理由も告げずにゼインを拘束したのだ。

ゼインは後ろ手に縛られて修道院に連行され、その最上階にある部屋へと引き立てられた。

そこはステンドグラスを嵌めこまれた大きな薔薇窓《ばらまど》がある部屋だった。家具も豪奢《ごうしゃ》に装飾されたものばかりで、見たこともない天蓋《てんがい》つきのベッドまであった。

煌めく薔薇窓を背にするかたちで一脚の肘掛け椅子が置かれており、そこに司祭服をまとった男が腰掛けていた。ただの司祭服ではない。宝玉の埋められた大きな司祭帽を被り、肩にかけた純白のケープには金糸銀糸の飾り刺繍がふんだんにほどこされている。

強い逆光のせいでよく見えないが、幾度か遠目から見たことのあるハネス大司教に違いなかった。皇帝の弟であり、五年前に大司教となった。年は確か、皇帝とは十歳違いの三十歳だ。この国の王族がみなそうであるように鼻筋の長い品位のある顔立ちに、金の髪と金色の眸をしている。

しかし、どうして自分が罪人のように扱われて、よりによって大司教のもとに連れて来られたのだろうか？

「ひざまずけ！」

修道騎士に突き飛ばされて、ゼインは真紅の絨毯に両膝をついた。槍の石突《いしづき》で後頭部をぐっと押されて平伏させられる。

後ろ手に拘束されたまま這いつくばらされたゼインの視界に、大司教の履《は》いている、やはり金糸銀糸で丹念に彩られた靴が映る。その靴先は苛立たしげに上下していた。

「そのほうがゼインで相違《そうい》あらぬか？」

神経質そうな声音で問われて、ゼインは答えた。

「はい」

すると、大司教の靴先の動きが激しくなった。

「妖精の夜にルカ・ホルムを連れ出したことも、相違あらぬか？」

――そうか。ルカのことか。

昨日、ルカは日が高くなってから修道院に戻った。それまでは起床前の時間にこっそり戻っていたから抜け出していることが発覚せずにすんでいたが、昨日ばかりは隠しようがなかった。ただでさえ取り替え子は修道院から出ることを堅く禁じられている。そのうえ妖精の夜だったのだから、ルカはひどく咎められたに違いなかった。

なんとか少しでも、ルカの力になりたい。

「そうです。おととい の夜、俺がルカを無理に呼び出しました」

「呼び出して、なにをしたのだ？」

妖精の輪に行くことは村人のあいだでも禁忌とされているが、修道院に属する者はいっそう厳しく禁じられている。だから答えられずにいると、大司教が靴でダンッと床を蹴った。

「隠し立てをしても無駄であるぞ。そのほうがルカ・ホルムにいかがわしい行為を強いた証拠を、我が目で検《あらた》めたのだからな。あれの夜着に、肌に、そのほうの痕跡が残されていた」

ゼインの頬はカッと熱くなる。

ルカに触れたときについた血を、大司教に見られたのだ。

そしてルカは、それがゼインの血だと大司教に教えたのだ。……けれどもそれは紛れもない事実で、ルカはあの行為でやはり傷ついたのかもしれない。自分は責められても仕方ないことをしてしまったのだ。

「この夏のあいだ、幾度もそのほうはルカ・ホルムを脅して連れ出し、辱《はずかし》めたそうであるな」

ゼインは目を見開き、大司教を見上げた。

「え？」

「知らぬふりをしても無駄であるぞ。ルカ・ホルムが懺悔《ざんげ》をし、すべてを私に打ち明けたのだ」

「ルカ、……が？」

頭を鈍器で殴られたかのような衝撃に、ゼインは呆然としてしまっていた。

「ルカは、私がホルム公爵から預かっている者であり、修道院という私の庇護下《ひごか》にある者だ。それをそのほうは卑劣《ひれつ》にも踏み躙ったのだ！　嫌がるルカを脅して、幾度も幾度も夜の森に連れこんで！」

身体が芯から冷たくなっていくのを、ゼインは感じていた。

――どうして、そんな嘘を……ルカは……。

『ゼインとまた会えて……一緒に妖精の輪を探せて、本当に楽しかったです。ありがとうございました』

手を握って、ルカは確かにそう言ってくれた。

ゼインもまた同じ気持ちだった。亡くなった両親にひと目会いたいという本来の目的すら薄れるほど、ルカとともに過ごせることが楽しくて、嬉しかった。

自分のなかで知らないうちに、友情以上のものが育ってしまったほどに……大切だった。

「本当に……」

掠れ声でゼインは大司教に問う。

「本当に、ルカが、言ったんですか？　嫌なのに、俺に脅されて何度も、って」

大司教が憤りを吐き出すように返す。

「ルカ本人が穢《けが》されたところを私に見せ、涙しながらそう訴えたのだ」

自分の心臓に、無数の罅《ひび》がはいっていく。そしてボロボロに崩れていく。

本当にそう感じられるほどの激痛に襲われて、ゼインは床に這いつくばったまま背を丸めた。

激しい嗚咽が喉から迸《ほとばし》った。

3

カーリー号の船長室の床に転がされたルカは、すぐ近くに膝をついているゼインが短刀の柄をグッと握りなおすのを、瞬《まばた》きのない目で見ていた。

ゼインにとって自分は、この世の誰よりも憎い存在に違いなかった。

――私の裏切りによって、ゼインはすべてを奪われた。

十一年前、公爵の子息であり、大司教の庇護下にある者を疵物《きずもの》にした罪により、ゼインはノーヴ帝国を追放された。

国中に修道院があり、修道士たちによる情報網が張り巡らされている。また国民は信心深いため、修道士に隠し事をしない。追放者の似顔絵に合致する者を見かければすぐに報告する。だから追放となった者は、文字どおり国内には留まれないのだ。

南の隣国クシュナとのあいだには高い山脈が連なっており、しかも敵対関係にある。また肌の色が異なるため、隣国の民に紛れて暮らすことは不可能だ。

国外追放となったゼインは、陸《おか》を離れ、海賊になるしかなかった。

……そうなるであろうことを、ルカは知っていたのだった。

「ん、ん」

ルカはかすかに眉根を寄せると、喉の奥にいまだ絡んでいる粘液を、甘く呻きながら飲みこんだ。そしてわずかに舌先を覗かせて、唇を舐める。

そうやって、つい先刻の行為を思い出させてやると、苦々しさと獰猛な愉悦とが入り混じった表情をゼインが浮かべた。左頬の無惨な傷痕が、男の表情をいっそう凶悪なものに見せる。

自分から煽っておきながら、背筋を熱い手でなぞり上げられているような痺れをルカは覚える。

――しかし、ここまでの男になるとは……。

どこもかしこも完全に成熟しきり、その滾《たぎ》る力が肉体の外にまで溢れ出て、見る者を威圧する。陽《ひ》に焼けた肌に、碧い眸と金の髪が鮮やかに映《は》えている。長軀には厚みがあり、鋼《はがね》の強さと、しなやかなバネとをそなえているのが服のうえからでもわかる。

ゼインはこの海域の多くの海賊船を束ね、その勢力は日に日に増している。いまや海もまたひとつの国であり、ゼインはその新興国の王ですらあるかのようだった。

その残虐性《ざんぎやくせい》とカリスマ性は陸にも知れ渡り、皇帝は先日、ゼイン討伐《とうばつ》のための海軍増強を命じた。

人びとは懼《おそ》れをこめて、ゼインのことを「海の冥王」と呼ぶ。

海上で出会ってしまったら最後、そのまま冥府送りにされることを覚悟しなければならないからだ。

そんな男だから、ルカを殺すことなど造作もない。

けれども、ゼインがいますぐ自分を殺しはしないとルカは確信していた。これは予見ではない。なぜなら、預言者は自分自身のことは予見できないからだ。

確信の根拠は、ゼインの眸だ。

無軌道《むきどう》な獣のように猛《たけ》る碧い眸の底に、氷の塊が沈んでいる。

これほどの力を得ても、ゼインはおのれの人生を肯定できていないのだ。

無理もない。

本来のゼインは――少年のころのゼインは、喧嘩っ早い乱暴者だったけれども、誰よりも勇敢で優しかった。嫌な預言ばかりすると忌み嫌われていた自分の目を覗きこんでくれたのはゼインだけだった。

そのゼインが、まともな心を喪うことでしか生き延びられなかったのだ。

――私のせいで……。

何度殺しても殺し足りないほど、ルカ・ホルムを憎悪しているに違いない。

しかも再会したとたん、心身をいたずらに煽られたのだ。

――だから、まだ私を殺さない。

憎悪を吐き出しきるまでは、生かしておくことだろう。

そしてゼインは、ルカの思惑どおりの答えを出したようだった。

彼は短刀をベルトの鞘《さや》に収めると、無言のまま船長室を出て行った。そこに詰めかけているのだろう船員たちに告げる低く張った声が聞こえてくる。

「あの男は、ルカ・ホルム。ホルム公爵の息子だ。人質として捕らえておくことにした」

すると海賊たちがいっせいに「ブーッ」と声をあげ、不満に足を踏み鳴らした。

「俺たちまで、あの綺麗な妖魔遣いに殺されちまうぜ！」

「身体を捻じ切られて内臓を引きずり出されちまう！」

ゼインがなにか場を鎮《しず》める仕種でもしたのか、潮が引くように騒ぎが小さくなる。そこにゼインの声が響いた。

「その心配はない。あいつは俺に決して逆らえねぇからな」

「なんでそう言いきれるんだよ、ゼイン船長」

「あいつは俺に真名を差し出した」

驚きのざわめきが拡がっていく。

真名は誰もがもって生まれる命と同じ重さの宝だ。

それは左の掌に刻まれている。しかし他人には見えず、本人の目にだけ淡く光る文字として映るのだ。その文字は神の言葉であるいにしえの言語で書かれているため、それを学ばないものは生涯、自分の真名を知ることもない。

真名とは、すなわち運命だ。

「そのようなものは、知らないほうが幸せに生きられるものを……」

床に身を横たえたままルカは目を瞑《つむ》る。

運命とは、すなわち、牢獄。

＊

船長室から階段で寝室へと上がったゼインは、カンテラを壁のフックにかけた。その揺れる光が、奥の壁に背をもたせかけるかたちで座っている男を舐めるように照らす。上半身は裸で、膝丈の脚衣と絹の靴下、布張りの靴を身に着けている。

ルカの手足の縄はほどいてあるものの、首には鉄の首輪を嵌められ、その首輪は壁に打ちこまれた鎖に南京錠《なんきんじょう》で繋がれている。

一週間前、ルカがゼインに真名を差し出したため、船員たちは人質としてルカを搭乗させることに同意したが、妖魔遣いの疑いがあるため、厳しい拘束をゼインに求めた。

ゼインもまた、当然のことながらルカのことを信用していなかった。真名が本当のものであるかも疑わしい。

そもそもルカの命を惜しんで生かしておくわけではない。死なない程度に生かしておいて、いたぶり尽くすのが目的なのだ。

だから、このように立ち上がることも横になることもできない不自由な状態で拘束しているのだった。

ルカと再会してから今日まで、すでにその口を何度使ったか知れない。ゼインが目の前に立てば、ルカはそうするのが当たり前のように口を開くのだ。そのことになにか得体の知れない憤りのようなものを掻き立てられて、ゼインはルカの背を鞭打《むちう》った。口を使っては鞭打ち、また口を使う。するとルカの口腔はいっそう熱く濡れて、男を受け入れる。

――胸糞《むなくそ》わりぃ。

自分の人生を狂わせた男を痛めつけているのに、わずかも気持ちが晴れない。それどころか、痛めつければ痛めつけるほど、気分が悪くなる。口淫するときのルカに、鞭打たれて身を跳ねさせるルカに、少年のころのルカの姿が重なって見えるのだ。強烈な快楽とともに、罪悪感に苛《さいな》まれる。そしてそれ以上の行為で痛めつける気が失せてしまうのだった。

確かに自分はルカの裏切りで、ズタズタにされた。

……それなのに、あのルカとともに過ごしたひと夏の時間は、破壊されつくされずに胸の底にある。それが罪悪感を生むのだろう。

ゼインは舌打ちすると、今夜はもうルカに触れずに眠ることにした。

ベッドに乱暴に身を投げると、その軋《きし》む音にルカが顔を上げた。

目が合う。

ルカはもう昔のようにフードでも前髪でも目を隠していない。まっすぐ目を合わせてくる。人の未来を予見してしまうことへの感傷は、捨て去ったということか。

――こいつの目にはいま、俺の未来が見えてるのか。

だが、そのことに対する恐れはなかった。

ただただ「今日」を生き延びるだけの人生なのだ。

人は未来というものに希望の光を見たがる。だからこそ未来に価値を覚え、不吉な預言に怯える。だが、そんな怯えはいまの自分には無縁のものだった。海賊として殺戮と強奪のその日暮らしを重ね、いつか潰《つい》える。それだけのことだ。「生きている今日」が終わるまで暴れ狂えばいい。

「妖精の夜のことを、覚えていますか？」

ルカの言葉に、ゼインは眉を歪めた。

「いまさら蒸し返して、命乞いの弁明でもする気か？」

「違います」

ルカが微苦笑を浮かべて続ける。

「あの夜、私はあなたのお蔭で妖精の輪に辿り着けました。だから話しておきたいのです」

「お前はひとりで辿り着けただろう。妖精の路が見えてたんだから」

「いいえ、ひとりでは妖精の夜に森にはいることすらできなかったでしょう。魑魅魍魎《ちみもうりょう》がくっきりと見えて、足が竦んでしまったのです。でも、森の入り口であなたのカンテラを見つけて、気が付いたらあなたを追いかけて森にはいっていました。そして安全に進める妖精の路を見つけたのです」

銀色に光る小さな星々を踏みながらふたりで歩いた夜のことがありありと甦ってきて、ゼインはひどい胸苦しさを覚えた。

あの美しい路がどこまでも続いていればいいと、愚かな自分は思っていたのだ。

待ち受けているのが、裏切りの崖だとは知らずに。

思い出を封じながら、ゼインは乱暴に尋ねた。

「いまだに予見できるってことは、輪をくぐっても妖精に会えなかったのか？」

「妖精界に行き、妖精王と会いました」

その答えに、ゼインは思わず上体を起こした。

「妖精王だと?」

ルカがゼインを物思わしげに見詰めてから、頷いた。

「私は王に、自分が取り替え子であるのかを尋ね、この不吉な預言の力を消してくれるようにと懇願しました」

ゼインは視線で続きを促す。

「私は確かに、取り替え子でした」

取り替え子であるということは、妖精であるということだ。

「もし人間でないのならば、もう二度と人間界には戻らないつもりでいました。しかし王は私には使命があり、人間界に留まらなければならないと告げました」

――ルカは人間界に戻らない覚悟をしてたのか。

あの時、ルカはゼインの手を握って「ありがとうございました」と震える声で言った。それでルカに二度と会えないような不安に駆られて、ゼインは妖精の輪に飛びこむルカを追いかけたのだった。

「私はそれならばせめて不吉な預言の力を取り除いてほしいと泣いて頼みました。……しかしそれも、使命のために負わなければならないものだと諭《さと》されました」

もしもルカが、妖精界から戻ってこなかったら。

自分の人生が破壊されることはなかったのだろう。たまに喧嘩や小競《こぜ》り合いをしたりしながら大人になり、祭りがあれば盛り上げて、そのうち村の娘と結婚して家庭をもって生涯を終えたのだろう。

妖精の輪から戻ってこなかったルカのことを、大切な宝物として、切ない想いとともにずっと胸にいだきながら。

——そうしたら、こうしてルカと再会することもなかった。

「……」

ゼインは眉間に深く皺を刻んだ。

ルカがいない未来と、ルカがいる未来と、もしあの時の自分が選べたとして、どちらを選んだのだろうか。

——くだらねぇ。

ここはルカがいる未来で、ルカによってズタズタにされた未来なのだ。

「それでお前は抜け抜けと戻ってきて、嘘を盛りまくって俺を陥れたわけだな」

「そういうことになりますね」

弁明のひとつもせずにあっさり認められて、ゼインは床に靴裏を叩きつけてベッドから降りた。

ルカの前に立ち、そのほっそりした顎の骨を砕かんばかりに顔を掴む。

「あそこまでの嘘を、どうしてつく必要があった？」

ルカが目許にほのかな笑みを浮かべた。

「あなたに道を踏み外してもらうためです」

その言葉に、ゼインの背筋は凍《い》てつく。

ルカの笑みが深くなる。

「そして、そのとおりになりました」

「…っ」

ルカの首枷《くびかせ》に繋がれている鎖を引き上げれば、いますぐにくびり殺せる。そうしてしまいたい衝動に頭のなかが白む。

「私を罰しなさい」

顔を摑まれたまま、くぐもった声でルカが囁《ささや》きかけてくる。口許に当たっている掌を、湿ったやわらかな舌で舐められた。

とたんに、ペニスが焼け爛れるように疼いた。

——こいつは昔から、俺に悪意をもってるただの裏切り者だったってことだ。しかも人間ですらない。

なにひとつ罪悪感を覚える必要などなかったのだ。

「煽ったことを、後悔させてやる」

唸る声音で宣告すると、ゼインはルカの身体を摑んで壁のほうを向かせた。背中が露《あら》わになる。

鞭打たれた線が無数に引かれ、皮膚が破れたところには乾いた血がこびりついている。

また鞭打たれると思っているのだろう。ルカが痛みを予期して背中に力をこめ、肩甲骨《けんこうこつ》を寄せる。

ゼインはしかし壁にかけてある鞭には手を伸ばさなかった。代わりに、ルカの脚衣の腰を鷲摑みにして、引きずり下ろした。

ルカがビクンと身を跳ねさせて、壁に手をついてこちらを見返った。

その黒い眸を視線で射貫いたまま、ゼインは前立てから重たい器官を引きずり出した。それは擦る必要すらなく、手のなかでゴツゴツと硬くなっていく。

剝き出しになっている肉の薄い尻の狭間《はざま》を、ぶ厚い亀頭でなぞる。

そうしながらもルカの目を睨みつづける。

先走りをぬるぬると会陰部に塗りつけると、ルカの睫毛が揺らいだ。けれども彼もまたゼインの眸から視線を逸らしはしない。人の気を逆撫でて暴挙を誘っておきながら、なぜかその眸には殉教者のような思い詰めた光があった。

小さく窄《つぼ》まっている孔を感触だけで見つける。それを力任せに破るように、ゼインは凶器そのものの性器に体重をかけた。

「ひ…ん」

ルカがみじめな声を漏らし、壁に爪をたてる。

痛みにわななき、閉じようとする内壁へとゼインは無理やり分け入った。

「お、ぁ」

繫がった部分から強烈な痺れが拡がっていく。ゼインは声を漏らしながら、ほっそりした腰を

鷲摑みにして下腹へと引き寄せた。

なんとか半分ほど押しこんだときだった。

ふいに犯している場所の感触が変わった。ギチギチと締めつけるだけだった孔が、喘ぐようにうねる。そして、男の性器を奥へと誘いこむ淫らな蠕動《ぜんどう》を始めたのだった。

「んぁ――っ？」

頭の芯まで熔《と》かされるような快楽に襲われる。

ゼインはとっさに全身の筋肉を固めて、抗った。危機感を覚えるときの本能的な反応が、肉体に起こっていた。

動きを止めたゼインに、ルカが目を細める。そうすると目のなかがすべて黒一色で塗り潰されたように見えた。

ルカの薄い唇が囁く。

「あの朝――妖精の夜が明けた朝、あなたがもし私に触らなければ、私は大司教に、あなたに穢された証しを示すことはできませんでした」

それは事実だった。

荊で傷ついた手で触れて、淫らな欲望の証拠を残したのはゼイン自身だった。

「証しがなければ、大司教もあそこまで激怒なさらなかったことでしょう」

「……自業自得だと言いたいのか？」

ルカが背後に手を伸ばして、ゼインの腰に触れてきた。もっと深く繋がるようにといざないいながら。

「あなたは林檎《アヴァル》を食べて、みずから道を踏み外したのです」

「――」

ゼインはルカの身体を突き飛ばすようにして陰茎を引き抜いた。

ルカが腰をがくりと落とし、壁に縋《すが》りついたまま微笑する。

「私のうえで果てたあなたは、可愛《かわい》らしかったですよ」

あの時、ルカは本当は目覚めていたのだ。そして罠を張り、ゼインを誘《おび》き寄せ、林檎を食べるように仕向けたのだ。

ゼインは憤怒の目をルカに向けながら、獣のような唸り声を漏らした。

「穢れた妖魔め」

ザラつく声で罵《ののし》ると、ルカの顔から笑みが消えた。

壁へと額をつけて深く項垂れ、細い声で告解した。

「あの頃から私はもう穢されきっていたのですよ」

傷だらけの背中と、男を受け入れることに慣れきった臀部《でんぶ》が、寝室を出たあともゼインの瞼に焼きついて離れなかった。

4

かつて、すべての人間は「神の護る楽園」に住んでいた。そこにはあらゆる果物がたわわに実っていて人びとは飢えることがなかった。ただし、楽園の真ん中に一本だけある林檎の樹の実だけは、神によって食べることを禁じられていた。

けれども紅く輝く林檎は涼やかなよい香りを漂わせ、ひとりの若者がそれを齧《かじ》ってしまった。

神は激怒し、すべての人間を楽園から追放した。

よい人生を歩んで死んだ者だけが楽園に――「神の護る島」に渡れるようにしたのだった。

子供たちは日曜礼拝でその神話を聞かされながら育つ。

そして、神の末裔《まつえい》である皇帝をなによりも敬い、楽園に辿り着くために清き人生を歩むようにと諭されるのだった。

……ルカはよく、村の子供たちに司教がその一連の説教をするのを、礼拝堂の隅に佇んで聴いていた。聴きながら、自分はたぶん死んでも「神の護る島」には行けないのだろうと考えていた。

取り替え子は妖精なのだという。だからもし戻る場所があるとしたら、それは妖精界だ。

それに神は妖精のことを、人間を惑《まど》わす悪《あ》しき存在と見なしている。

だから取り替え子は、罰せられなければならない。……幼いころから、ルカはそう言いくるめられて、罰せられていた。

浅い眠りのなかであの頃の夢を見ていたようだった。

窒息しそうな苦しさを覚えて目を覚ます。自分の首に触れると、そこを絞めつけているのは人の手ではなく、鉄の輪だった。そのことに安堵する。

寝室の丸窓からはいってくる早朝の薄紫色の光に照らされている自分の身体を見下ろす。脚衣は膝下まで引きずり下ろされたままで、内腿は血で汚れていた。

ゼインの性器を捩《ね》じこまれたときに傷ついたらしい。

寝室を出て行ったまま、ゼインは戻ってこない。

いたぶることにすら嫌気がさしたのだろう。

――このまま、ここで放置されて死ぬのか……それとも海に落とされるのか。

ゼインにはそうする権利がある。それだけのことを自分はしたのだ。

ルカは上体を前傾させた。壁から離れると余裕のない鎖に引っ張られて、首枷が喉にめりこむ。

預言者は自分の未来を見られない。けれどもみずから命を絶つことで、未来を定めることはできる。

……これまでの人生で、何度そうしてしまいたいと思ったことだろう。

ゼインを苦しめることが自分の運命であることのつらさを、十一年前から一日たりとも忘れたことはない。

再会してからは、そんな自分をゼインに心置きなく罰してほしくて、彼を刺激しつづけた。

それにそうして距離を取らなければ、「使命」を果たす心が折れてしまいそうだったのだ。

パタパタと無数の小さな音が聞こえてきて、ルカは重い瞼を上げた。丸窓に映る空が灰色に濁り、雨粒がガラスに線を引いていく。そのさまをぼんやり眺めていると、階段を乱暴に上ってくる足音が響いた。

剣呑《けんのん》とした顔つきのゼインが現れる。

ルカは覚悟を決めて、心を鎮める。

ゼインは床に片膝をつくと、ルカの靴を乱暴に脱がせ、脚衣と絹の靴下を脚から引き抜いた。殺す前に犯す気になったのだろうか。ルカはみずからしどけなく腿を開いた。

しかしゼインは立ち上がると、鍵を取り出してルカの首枷と鎖とを繋いでいる南京錠を外した。

二の腕を摑まれて立ち上がらされて、一週間ほども立ち上がっていなかったルカは、よろけた。転びそうになりながら、寝室の壁に取りつけられている梯子《はしご》へと連れて行かれた。

「上って、外に出てろ」

命じられて、ルカは力がはいりきらない手足で梯子を上った。天井にある蓋《ふた》のような四角いドアを押し開け、船尾楼甲板《せんびろうかんぱん》に出る。全裸の肌に冷たい雨が打ちつける。やはり海に突き落とされるのだろうか。

灰色の海面を見下ろしていると、ゼインが甲板に出てきた。

振り返ったルカは、思わず瞠目《どうもく》した。ゼインもまた全裸だった。その厚みとしなやかさのある肉体には、傷痕が無数に刻まれていた。斬りつけられた痕、刺された痕、銃創《じゅうそう》、肉が裂けるほど鞭打たれたのであろう線状に盛り上がった痕。

左頰の傷痕も含めて、この十一年のあいだに刻まれたものだ。

——すべて、私がゼインにつけさせた……。

ここまで傷ついて生きてきたゼインをさらに苦しめるために、自分は訪れたのだ。

心臓を掻き毟《むし》りたくなるような苦しさを、ルカは覚える。

呼吸を乱して立ち竦んでいると、足許に小ぶりな木の盥《たらい》を投げられた。なかには石鹸《せっけん》がひとつはいっていた。

ゼインは自身も盥を足許に置いて、大粒の雨を浴びながら身体を洗いはじめた。

下のほうの甲板から、海賊たちのはしゃいだ声が聞こえてくる。

「貴重な水だ！　盥を並べろ！」

「おい、俺にも石鹸をくれ！」

「風呂だ風呂」

ルカはようやく、雨で身体を洗えるようにと連れ出されたのだと理解する。

ゼインの配慮《はいりよ》に戸惑いながらも甲板に膝をつき、背中の鞭打たれた傷を綺麗に流して、石鹸で身体と髪を洗う。そうしながら横目でゼインを見ると、仁王立ちしたまま気持ちよさそうに仰向いて顔から雨を浴びていた。

傷に鎧《よろ》われているけれども、その肉体は力に満ち溢れていて、どこもかしこも逞《たくま》しい。自分に途中まではいってきた部位を見て、ルカは思わず目を逸らした。それで傷つけられた身体の内側に、引き攣れるような感覚が起こる。

ふたりとも身体を洗い終えて、甲板から寝室へと梯子を下りた。

乾いた布を渡されて身体と髪を拭くと、ゼインはふたたびルカの首枷と鎖を南京錠で繋いだ。けれども今度は、立ち上がったり横になったりできるほどの長さに鎖を調整された。

「立って壁のほうを向け」

ゼインに命令されて、ルカはしたがう。両手を壁について、犯しやすいように脚を開く。傷つけられた場所をふたたび押し拓《ひら》かれる痛みを待っていると、しかし、背中に大きな掌が這った。ひんやりとしたものを塗られる。

「軟膏《なんこう》だ」

ぶっきらぼうに短く告げて、ゼインが手を動かしつづける。

――……どうして？

ルカは壁のほうを向いたまま視線を彷徨わせた。

殺されるのもいたぶられるのも納得できる。しかし身体を洗わせてくれたり、傷の手当てをしてくれたりする心情は、まったく理解できない。

背中に軟膏を塗り終えると、ゼインが背後で膝をついた。

肉の薄い双丘を両手で左右に割り拡げられて、露わにされた蕾《つぼみ》がキュッと窄まる。軟膏をたっぷり載せられた中指が、そこにぬるりと載せられた。

「う…」

弱い声が漏れてしまう。

「なかに塗るから、力を抜け」

力を抜こうとすると、襞《ひだ》がヒクヒクと震えだす。

「……なんなんだ、お前は」

ゼインが呟く。

さんざん煽ったり、慣れた反応をしながら、いまは指一本すら挿《い》れさせようとしないのだから、呆れているのだろう。

しかしルカ自身、どうしてしまったのかと困惑しきっていた。

――でも……、ゼインの指……。

ペニスを捻じこまれるよりも、こんなふうに気遣ってくれるゼインの指に触られることのほうが、いたたまれなくてつらい。

くにくにと蕾を丁寧にほぐすようにいじられて、ルカは壁についた腕に顔を押し当てた。

「――ぁ、あ」

つぷりと、指先が窄まりに嵌まった。

会陰部から下腹部までがわななき、臀部がヒクンと波打つ。

「きつくて動かせない」

喉で苦笑しながら、ゼインが太い指を意外な優しさで蠢かせた。傷ついた内壁に軟膏を塗り、ゆっくり引き抜くと、新たに軟膏を盛った指をまた挿れてきた。今度はさっきよりも深い場所まで丁寧に塗りこまれる。

水滴がしたたるような音がして、ルカはいつの間にかきつく閉じていた目を開けた。深く俯くかたちで足許を見る。

萎《な》えたままの陰茎の先端から床へと、透明な蜜がまた落ちた。

ゼインもそれに気づいているだろうに揶揄《やゆ》することもなく、手当てを終えると孔から指をゆっくりと引き抜いた。

たった指一本のことで、ルカはもう立っていられずに、ずるりと座りこむ。

壁に向かって蹲《うずくま》っていると、背中に毛布を投げつけられた。

ゼインがいくらか乱れた低い声で訊いてきた。

「……お前は本当にあの頃から――ガキのころから、男の相手をさせられてたのか？」

昨夜、『あの頃から私はもう穢されきっていたのですよ』と打ち明けたことを、ゼインはずっと気にかけていたのだろう。

ルカは毛布を身体に巻きつけながら「そうです」と答える。あの頃の自分は誰よりもゼインにそのことを知られることを懼れていた。ゼインの澄んだ碧い眸に自分の穢れを見抜かれてしまわないかと、心配で仕方なかった。

ゼインが唸ったかと思うと、背後から肩を摑んできた。

「どいつにヤられてたんだ？」

ルカは苦痛を呑みこみ、無表情を作ってゼインを見上げた。

「知りたいのならば、私の真名において真実を問えばよいでしょう？」

「――」

ゼインはしばし険しい眼差《まなざ》しをルカに向けていたが、答えを強いることなく、船長室へと階段を下りていった。

ひとり残されたルカは床に身を横たえると、毛布を頭のうえまで引き上げた。潮と黴《かび》の匂いのする温かさのなかで呟く。

「ゼインらしい……」

彼が真名をもちいてルカをしたがわせたのは、初めての口淫のときだけだった。それ以降は、一度たりとももちいていない。

激しい怨嗟をいだきながらも、ルカの意思を完全に奪ってしたがわせるようなことはよしとしない。子供のころのルカが性的虐待を受けていたと知れば心を痛めずにはいられない。おそらく、そのことに気づけなかったことに罪悪感のようなものを覚えて、傷の手当てをする気になったのだろう。

残忍で名を馳せる海賊となっても、ゼインの魂の根底にあるものは、昔と変わっていないのだ。

そのことに、ルカは閉じた瞼のなかに涙を溜めた。


階段を上ってくる靴音がする。

頭と喉に重い痛みを覚えながら、ルカは頭まで被っている毛布を少しだけ下げた。

「船長に言われて服をもってきた」

寝室に現れたのは、ゼインではなく、ゼインの腹心のロムだった。彼は褐色の肌に灰色の眸と髪をしており、耳朶にいくつもの穴を開けて飾り輪を嵌めている。隣国クシュナの出で、やはり国外追放になった身なのだという。

陸の国境や確執は海賊の世界ではほとんど意味をなさないらしく、この船にはロム以外にも褐色の肌をもつ者が数十人乗っている。

隣国には取り替え子の概念はないらしく、ロムはノーヴ帝国の者たちのようにはルカのことを恐れない。ただ黒い髪と眸がもの珍しいようで、いつも不躾《ぶしつけ》なまでにまじまじと眺めてくるのだった。

「今朝の雨で洗って、もうしっかり乾いている。着るのを手伝ったほうがいいか？」

床にシャツと脚衣と絹の靴下を置いたロムが、そう言いながら毛布から流れ出ているルカの髪を手で掬《すく》った。

「まるで黒い絹糸のようだ」

ルカは「手伝いは、いりません」と答えて、上体を起こした。とたんに目の奥がぐるりと回るような感覚に襲われる。

毛布が肌をずり落ちて裸体が露わになると、ロムが露骨《ろこつ》に喉を鳴らした。

それでルカは彼の欲望に気づく。

海賊は常に女に飢えている。女を船に乗せると、海の女神が嫉妬《しっと》して船を沈めるという言い習わしがあるため、海賊船には女を乗せないからだ。

だからルカのような線の細い男もまた、女の代用品となり得るのだろう。

ノーヴ帝国出身者は妖精に呪われかねないため取り替え子と肉体を繋げることをよしとしないが、クシュナ王国の者にはそういう忌避《きひ》はない。

ロムがまた大きな音で喉を鳴らして、手を伸ばしてきた。

剝き出しになっているルカの内腿を鷲摑みにして揉みしだきながら、ギラつく目で顔を覗きこんでくる。

「――」

すぐに手を撥ね除けなかったのは、ロムと目が合った瞬間に「見えて」しまったからだった。

短刀で斬りつけられる彼の姿が。

ロムがふいに大きく瞬きをした。

「顔が赤い」

内腿を揉んでいた手でルカの額に触れ、驚きの声をあげた。

「すごい熱だ!」

ロムが慌てて寝室の階段を下りていく。

ほどなくして、今度はゼインが階段から現れた。彼はルカの顔を見るや舌打ちして、首枷の南京錠を外した。そしてルカをベッドへと放り投げて乱暴に毛布をかけると、不機嫌な顔で階段を下りていった。

次に戻ってきたとき、ゼインは毛皮と陶器の瓶を手にしていた。毛皮をルカのうえに載せて、瓶を突き出す。

「飲め」

陶器の瓶は温かく、なかには酒に蜂蜜と薬草を混ぜたものがはいっていた。ルカが甘くて青臭い温酒《あたためざけ》を飲んでいると、ゼインが服を脱ぎはじめた。あっという間に全裸になり、ベッドに載ってきた。

「ゼイン…、なにを」

ルカの手から瓶を取り上げて床に置くと、ゼインは毛布と毛皮のなかにルカをすっぽりと収め、自身もそこに身を入れてきた。

素肌が大きく触れあい、太い腕に抱きこまれる。

「暴れるな。あっためるだけだ」

「いりません」

もがきながら言うと、ゼインが呆れた溜め息をつく。

「簡単にヤらせようとするくせに、これは嫌なのか。とことん変な奴だな」

「——それなら、抱けばいいでしょう」

そのほうが、ただ介抱されるよりよほど心も身体も楽だ。

なにより、それによって目的を達成できる。

「病人を抱いても愉《たの》しくねぇ」

「あなたはなにを考えているのですか？　私を罰したいのではないのですか？」

間近で視線がかち合う。睨みつけると、ゼインに睨み返された。

「ああ、そうだ。お前のことは時間をかけてズタズタにしてやる。そのために生かしておく必要がある」

男の肩口に手をついてわずかでも身体を離そうと試みていると、ゼインが苛立つ舌打ちをした。身体が離れる。介抱するのが馬鹿らしくなったのだろう。そう思って安堵したルカへと、ゼインが覆い被さった。

ルカの仰向けに倒された身体に、真上からゼインが身体を重ねる。足掻《あが》くルカの脚が開き、そこに自然とゼインの腰がはいった。脚のあいだに硬いものが当たる。

……けれども、ゼインはそこで動きを止めた。

あくまで温めるためだけに身体を密着させてくる。

ルカは脚を男の脚に絡めて次の行為へと導こうとしたが、ゼインは頑なに動こうとしない。

心も身体も、あまりにつらくて。

「もう嫌、です」

ルカが腿をきつく閉じながら泣き言を呟くと、ゼインが耳元で低く囁いた。

「お前が嫌がることを、いくらでもしてやる」

その言葉とともに腿のあいだをペニスでこすられて、ルカは眩暈《めまい》を覚えた。もどかしいつらさにゼインの背中を引っ掻く。するとゼインがくすぐったがるように喉で笑い、見透かしてきた。

「お前を抱かせたがるのには、どうせ裏があるんだろう？　十一年前と同じで」

「──」

ルカは昏い眼差しを宙に彷徨わせる。

そのとおりだった。

十一年前、ゼインは自分に触れることで運命を狂わされた。

そしていまふたたび、自分は運命を狂わせるために彼のもとを訪れたのだ。

『そなたは三たび、愛しい者の運命を狂わせる』

あの夜、妖精王は言った。

『一度目は、これより数時間後。二度目は、十一年ののち、そなたが愛しい者とひとつになるとき』

白く輝く手で、妖精王はルカの左の掌を──林檎を、そっと撫でた。

『酷な運命を背負わせたことを、赦せ。すべては世界の命運のため』

＊

丸窓から射しこむ陽光が寝不足の目に沁みて、ゼインはきつく目を眇めた。

隣ではルカが眠っている。

一週間のあいだ壁に繋がれて鞭打たれた疲弊《ひへい》が、風邪をさらに悪化させたのだろう。ルカは丸三日のあいだ高熱を出し、意識が朦朧《もうろう》とした状態だった。今朝方からようやく熱が下がってきて、いまは穏やかな寝息をたてている。

ゼインはベッドから降りると服を身に着けて、船長室へと下りた。

肘掛け椅子に座り、葉巻に火をつける。いつもより苦く感じられる煙を吸いこんでいると、ルカの言葉が耳の奥に甦ってきた。

『あなたはなにを考えているのですか？　私を罰したいのではないのですか？』

時間をかけてズタズタにするために生かしておくのだと答えたのは、半分は本心だった。だが、残りの半分では、そんなことをしても自分がわずかも楽にならないだろうことが、わかりかけていた。

ルカを穢しても痛めつけても、子供のころの思い出が甦ってきて、気分が悪くなる。

しかも、あの頃のルカが何者かによって性的に苛まれていたのだと知ってしまった。

そのことをわずかも察することができなかった自分にも、それほどの苦しみを少しも覗かせようとしなかったルカにも、どうしようもなく腹が立つ。

もし知っていれば、修道院からルカを連れ出して逃げることもできた。あるいは、ルカを傷つける者を刺し殺すこともできただろう。

――俺はあの夏、ルカを守れずに、ただ会えることに浮かれてた。

「っ」

嚙み千切った葉巻から溢れた苦い草を床に吐き捨てたのと同時に、船長室のドアがバンッと押し開かれ、ロムが飛びこんできた。

「ダリオの船がやられたようです！」

「なんだと」

「いま、生き残りが乗った舟を引き上げています」

ゼインは険しい顔つきで立ち上がり、甲板へと出た。

ダリオはもとはこのカーリー号の船員で、ゼインが独り立ちの手助けをしたのだった。そのようにして、何人もの海賊が、新たな海賊船の長《おさ》としてカーリー号を巣立っていった。独立した者たちはなにかあれば馳せ参じて、カーリー号に加勢する。それによってゼインの勢力は「冥王の使徒《しと》」と呼ばれる大派閥となり、有象無象《うぞうむぞう》の海賊のなかでも一目置かれる存在となったのだった。

いまではほかの多くの海賊船もゼインと不可侵協定を結び、必要とあらば共闘もするようになっていた。

「おい、しっかりしろっ。いま助けてやっからな」

カーリー号の船員たちが声をかけながら、小舟をふなべりへと引き上げる。そこから八人の海賊が助け降ろされた。全員血まみれで、息も絶え絶えのありさまだった。

ゼインは横になって止血処置をされている男の横で膝をついた。ダリオの腹心のギムもまた、元カーリー号の一員だった。

手を握ると、ギムは閉じていた目を開けて、視線を彷徨わせた。

「ゼイン、船長…？」

頭部にひどい怪我を負っているせいで、目がよく見えないらしい。

「ここにいる。もう大丈夫だからな」

ギムがわずかに頷き、掠れ声で伝えてきた。

「ザギに、やられました」

予想していたとおりの答えだった。

ザギは三代続く海賊の家系で、ゼインが台頭する前からある勢力の頭《かしら》だ。なにかというとゼインの勢力に喧嘩を売ってきていたのだが、このところは力の差が歴然としていた。腹癒《はらい》せになにか仕掛けてくるのではないかとゼインは身内に警戒を呼びかけていたのだ。

「ダリオがザギにそうそう引けを取るはずがない。なにがあったんだ？」

問いかけると、ギムが苦しそうに答える。

「あっちが……見たこともねぇ大砲を、積んでて、あり得ねぇ距離から、弾が届いたんでさぁ」

接近戦では不利と踏んで、飛び道具に大金をつぎこんだというところか。

船員を飢えさせても船や武器に金を投じるのがザギのやり方だった。そのせいで船員は接近戦では身も心もでくの坊で使い物にならないわけだが。

「ダリオ船長は、俺らを逃がすために囮《おとり》になって、船と一緒に……」

その様子が目に焼きついているのだろう。ギムは絶望の表情で宙を見詰めたまま、涙をボロボロと溢れさせた。ダリオはゼインと同じ二十五歳で、ギムのほうが三歳年上だったが、ギムは器《うつわ》のあるダリオを兄貴分として慕っていた。

ギムはおそらく、ダリオとともに最後まで戦ってともに沈みたかったのだろう。けれども、小舟に乗っていたほかの七人の命と、なにが起こったかをゼインに知らせる務めを、ダリオに託《たく》されたのだ。

「ギム、よくやってくれた」

ダリオが言いたいであろう言葉を、ゼインはギムに告げた。

そしてゆっくりと立ち上がり、甲板に集まっている者たちをぐるりと睥睨《へいげい》した。シン……と静まり返った船上で、ゼインは短刀を抜いた右手を突き上げて雄叫びをあげた。

「てめぇら、ダリオの弔い合戦だ！」

ドウッと歓声と足踏みとが巻き起こる。

海賊たちも手に手に短刀を握りしめ、腕を突き上げる。

ここでは、死は日常だ。今日横に立つ者が、明日はどこにもいない。その経験を、ゼインもまた繰り返してきた。敵との戦いで斃《たお》れた者には、敵の血の花を手向《たむ》け、弔うまでだ。明日は自分が弔われる番かもしれない。

その時、「今日」は永遠に途絶えるのだ。

すぐに伝書鳥が飛ばされ、ゼインの派閥の船にダリオの死と、報復合戦をおこなうことが知らされた。派閥とはいえ、義務で縛られる関係ではない。あくまで気持ちが動いた者の船だけが参戦することとなる。

ダリオはその死を惜しまれ、集結場所となっている無人島に多くの船が駆けつけた。

ゼインと二十七名の「冥王の使徒」による棟梁《とうりょう》会議が島にておこなわれたが、その場で興味深い情報が寄せられた。

ダリオの船から生還した者たちの話をもとに描いた長距離弾道の大砲の絵を目にした者が証言したのだ。

「これとよく似た大砲を、ノーヴ帝国海軍が積んでんのを見たぜ」

「いつ、どこで見た？」

ゼインが問うと、その隻眼《せきがん》の船長は机上の地図を指さした。

「この軍港だ。半月前のことで、初めて見る型だったから気になってな」

帝国海軍の最新型の大砲を、ザギが所有していたということか。

机をぐるりと囲んでいる船長たちが、首をひねる。

「ザギが海軍からその大砲を二門、盗んだってぇことか？」

「海軍は海賊討伐に力を入れることにしたって聞いたぜ。ザギにあっさり盗ませたりするか？」

「軍港で戦闘があったって話も聞かねぇなぁ」

ゼインは瓶から酒をじか飲みしてから口を開いた。

「要するにザギは、帝国海軍と争うことなく大砲を手に入れたってわけだ」

船長たちの視線がゼインに集まる。

「どうやってだ？」

「海軍が金で大砲を売ったとは考えられない。てことは、ザギは帝国海軍と手を組んだわけだ。おおかた俺を駆逐《くちく》する手引きをするとでも言って、取り入ったんだろう。ザギにしてみれば、最新の武器をただで手に入れられて、帝国の支援を受けながら俺を叩けるんだ。一石二鳥だろう」

一気にテント内がざわついた。

「海賊が帝国に尻尾を振ったってぇのか？」

「そんな海賊がいるか⁉　陸の奴らは俺たちを排斥した敵だぞっ」

「……けどよ、あいつならやりかねねぇ」

男たちが苦い顔で頷きあう。

ゼインは腕組みをすると、不遜《ふそん》な笑みを浮かべた。

「この展開も悪いことばかりじゃねぇ。お蔭で俺たちは、新型の大砲を手に入れて、それを帝国海軍にぶっ放してやれんだからな」

数拍の間があってから、男たちは昂《たかぶ》った笑いとともに手にしている酒瓶を宙に突き上げた。

「おうよ。ザギなんぞ潰して、大砲を奪ってやる」

「帝国をビビらせてやろうぜ！」

隻眼の船長が、ひと際大きな声をあげた。

「俺たちの王を、世界の王に！」


酒を浴びながらの作戦会議を終えて船に戻ると、ルカがベッドに腰掛けて、黒髪を櫛《くし》で梳《す》いていた。衿元《えりもと》と袖口にレースのあしらわれたシャツに膝までの脚衣を穿《は》いている。首には鉄枷を嵌めたままだ。

ゼインの視線はルカの右手首へと引きつけられていた。櫛を滑らせるたびに、ほっそりした手首が優雅にしなる。酔いも手伝ってか、それに幻惑されるような心地になっていると、ルカが横目でこちらを見た。

「ロムが清拭《せいしき》を手伝ってくれました」

わざわざそんなことを報告する意図はなんなのか。

「……ロムにも触らせたわけか。そういえば、あいつはよくお前のことを気にかけてるな」

思えば、ルカが高熱を出していることを教えてきたのもロムだった。

「心配りのある、よい方ですね」

ゼインの気を逆撫でるつもりなのか、そうでないのか。ルカが甘い微笑を浮かべる。

――まさか、もうロムにも……。

ロムに利用価値があるとなれば、ルカは身体を使うのではないか。

ルカが口で褐色の陰茎に奉仕するさまが脳裏に浮かび上がってきて、腹の奥でなにかがどろりと焼け爛れた。

ゼインは唸り声を漏らすと、ベッドへと荒れた足取りで近づいた。ルカの手から櫛を取り上げ、それを床に叩きつける。

首の鉄枷を握って仰向かせると、ルカが苦しそうに喘ぎながら見上げてきた。

――滅茶苦茶に犯してやりたい。

そうしても自分の気は少しも晴れず、それどころか凄まじく嫌な気持ちになることはわかりきっている。

しかも、ルカを抱くことは、みずから罠にかかるのも同然なのだ。

『お前を抱かせたがるのには、どうせ裏があるんだろう？　十一年前と同じで』

そう尋ねたとき、ルカは否定せずに後ろ暗い表情を滲ませた。

ゼインはザラつく声で問う。

「お前を抱いたら、なにが起こる？　十一年前みたいに、俺はまた破滅するのか？」

悲哀の色がルカの顔に波紋のように拡がった。

「その覚悟は必要でしょう」

自棄《じき》の嗤《わら》いがゼインの喉から漏れる。

「俺にはこれ以上、踏み外す道もねぇけどな」

「ゼイン…」

ルカの手指が頬に触れてくる。酒に熱くなっている肌に、それは心地よい冷水のように感じられた。

深く俯かされる。

唇に吐息を感じる。

十一年前に味わったルカの唇の凄まじい甘さが、そして、裏切りの凄まじい苦さが、ありありと甦ってきた。

触れあう寸前に、ゼインは大きく顔をそむけて首枷から手を離し、一歩しりぞいた。

運命を変えられるのがどういうことなのか、一度経験したから痛いほどわかっている。

けれども、ルカを殺すことも、このままの状態で置いておくことも、どちらもできそうになかった。

看病にかこつけてルカと肌を重ねているとき、何度犯しそうになったか知れない。いまもルカに引っ掻かれた背中がビリビリしている。

ルカの挑発に我を忘れて犯してしまうのも時間の問題だろう。

しかし、自分の決意が介在しないかたちでふたたび運命を捻じ曲げられるのだけは御免だった。

――……それなら答えはひとつだ。

「ダリオの弔い合戦が終わってからだ」

怨嗟と熱情の籠もった目でルカを睨む。

「互いに生きていたら、お前を滅茶苦茶にしてやる」

昏い眼差しで見返してくるルカを残して、ゼインは階段を一段一段強く踏み鳴らしていった。

＊

その日、夕刻が迫るころ、ゼインが寝室にやってきた。

「日暮れとともに戦闘開始だ。お前も準備しろ」

ルカはベッドの縁に腰掛け、怪訝な顔でゼインに尋ねた。

「戦闘の準備をですか？」

「笑わせるな。お前なんて一瞬で切り刻まれて終わりだ。それとも、妖魔でも使って加勢してくれるのか？」

「生憎《あいにく》、そのような技は使えません」

まじめに答えると、ゼインが苦笑いして、ルカの腕を掴んで立たせた。

ゼインに抱き寄せられて身を固くすると、腰にベルトを巻かれた。ベルトには短刀と単眼鏡《たんがんきょう》が提げられていた。

「てめぇの身はてめぇで守れ。まあ、敵に殺されるより、転げ落ちて死ぬ確率が高いだろうがな」

その言葉の意味を問う間もなく、ルカは手首を摑まれて寝室の一角にある階段を下りさせられた。船長室を通り抜けて、甲板に出る。

船員たちは帆綱を締めなおしたり、武器の手入れをしたり、なかには気付け酒を呷《あお》っている者もいた。

「あそこに登れ」

ゼインが指差す先をルカは見上げ、目をしばたたいた。

「見張り台に、ですか？」

「ああ、そうだ。戦いが終わるか船が沈みでもしそうになったら、下りろ」

それだけ言い置いて、ゼインは踵を返して立ち去った。

帆柱の高い場所にある見張り台までは、縦横に編まれている縄を梯子代わりにして登らなければばならない。しかも風がかなりあるため、その縄も大きく揺れている。途中で落下しようものなら甲板に打ちつけられることになる。

ルカは縄をぐっと握ると、口を引き結んで登りはじめた。下を見ると眩暈を起こしそうになるため、見張り台を見上げて登りつづける。幾度か強風が吹いて、縄から引き剝がされそうになりながらも、なんとか見張り台まで辿り着いた。

見張り台にはクシュナの若者、マルーがいた。彼は船が大きく揺れてもルカが落ちないように、腰に縄を巻いて帆柱と結んでくれた。

カーリー号は火山島《かざんとう》と呼ばれている無人島の横に帆を畳んで身をひそめていた。

太陽が西の海に溶け落ち、空が青紫に沈むころ、海上に動きが起こった。砲弾の音が重く響いてきたのだ。

単眼鏡を覗いていたマルーが小さなカンテラを振って下の者たちに合図を送ると、甲板の船員たちが色めき立った。

ルカもまたベルトに提げられた単眼鏡を抜いて、それを覗きこむ。

すると、闇のなかに薄っすらと帆船の影が見えた。そして、その船を半円形に囲むかたちで展開された船団が見えた。

隣に立つマルーが興奮しながら捲したてる。

「使徒たちがザギの船に追いこみ漁をかけてるんだ。あっちはすげぇ大砲を積んでるって話だけど、二門しか積んでないし、弾込めには時間がかかる。あれだけの船をいっぺんには撃てないから、ザキは使徒の船団と距離をあけて退路を確保しつつ戦うはずだって——ゼイン船長が言ったとおりになった！」

「誘導された退路の先に、この船が待ち伏せているというわけですか。それならば、挟み撃ちで確実に仕留められそうですね」

ルカの言葉を、マルーが憤慨したように訂正した。

「挟み撃ちじゃない。カーリー号が一騎打ちするんだ」

「こちらは圧倒的に有利な数なのに、ですか？」

誇らしげにマルーが答える。

「うちの船長は、海の冥王なんだぜ？　数を頼んで袋叩きになんてするもんか」

その言葉に重ねて、大砲の音が聞こえた。続けて、ドォン…という凄まじい破壊音が轟く。単眼鏡を使うまでもなく、船団の一隻に砲弾が命中したのがわかった。黒い海に、めらりと赤い炎が宿る。

マルーがカンテラを斜めに動かして合図を送ると、畳まれていた帆が次々に拡げられていく。

食い入るように炎を見詰めているルカに、マルーが教える。

「前列三隻は捨て船だ。最小人員で動かしてて、すぐ逃げられるようにしてあるってさ」

「そう…でしたか」

「この弔い合戦で、こっち側で死人が出るのはカーリー号だけさ。その覚悟がある奴だけが乗ってるんだ」

――覚悟……。

死の覚悟をすることが、ゼインの日常なのだ。

本来の彼のまっすぐな気性からして、命のやり取りをすることは、激しく心を削られることだったに違いない。だからこそ常に、自分の命を捧げる覚悟をしてきたのだろう。

ザギの船が船団と間合いを取りながら幾度も大砲を撃ちつつ、こちらに近づいてきた。もう少しで横腹を晒しながらカーリー号の鼻先を通るというところで、船団に気を取られていた向こうの見張り台の男が、島の陰から出ている帆柱の上部に気づいたようだった。カンテラの光が慌ただしく動いたかと思うと、ザギの船は島から離れるように左方向へと針路を変えた。

「逃がすかよっ」

マルーがカンテラを激しく上下に振ると、カーリー号はすぐに錨《いかり》を上げて海上を走りだした。

迫りくるカーリー号から逃げながら、ザギの船は砲弾を放った。しかし大きく舵《かじ》を切りながら撃ったため、それはカーリー号の脇腹をわずかに掠っただけだった。それでも船は大きく揺れ、ルカは帆柱に両腕でしがみついた。

次の砲弾が飛んでくるより早く、カーリー号はザギの船に追いついた。

マルーが叫びながら、ルカごと帆柱をがっしりと抱いた。

「ぶつかるぞ！」

敵船の左舷《さげん》後方部へと、船首像の殺戮の女神が握っている短刀を突き立てる。

船が悲鳴をあげるかのような轟音が響き渡り、見張り台ごと吹き飛ばされるのではないかと思うほどの衝撃が訪れた。

そのままカーリー号は船の腹同士を擦りあわせながらザギの船の横についた。次々と鉤縄が放たれ、渡し板をかけるのも待ちきれずに、カーリー号の海賊たちが獲物へと飛び移っていく。

ルカは柱から離れて、見張り台の縁に摑まった。

ゼインがコートを翻《ひるがえ》しながらふなべりを蹴る姿が、目に飛びこんできた。

ザギの船に着地しながら短刀で敵を斬りつけるさまが、遠目からも見て取れた。そしてすぐに暗い甲板の乱闘の渦《うず》に呑みこまれていく。

——ゼイン…っ。

見張り台から身を乗り出して目を凝《こ》らしていたルカは、自分が単眼鏡を握り締めていることを思い出し、慌ててそれを目に当てた。

乱闘しているひとりひとりの姿が視界にくっきりと現れる。

単眼鏡を忙《せわ》しなく動かしていくと、ゼインの姿が映し出された。

「——————」

胸が、激しく軋んだ。

その顔はどす黒い血に染まっていた。ゼイン自身の血なのか、敵の血なのかはわからない。悪《あっ》鬼《き》そのものの顔つきと動きで、両手に握った短刀を振りまわしては突く。

ゼインが血しぶきを全身に浴びていくさまを、敵に背中を斬りつけられて振り返りざまに男の喉笛を切り裂くさまを、ルカは瞬きも忘れて見る。

この十一年のあいだ、ゼインが積み重ねてきた「今日」のかたち。

それを突きつけられていた。

単眼鏡を握る手がカタカタと震える。ゼインが単眼鏡を渡してきた意味が、理解されていた。

『お前がなにをしたのか、その目で見ろ』

ゼインの声が頭のなかに響く。

『これが、お前が俺に与えた運命だ』

「災いの預言者」と忌み嫌われている取り替え子のことを放っておけないような温かな心根をもったゼイン。村で人びととぶつかったり騒いだりしながら、幸福な家庭を築けたであろうゼイン。

……そういう人生もあったのだ。自分がゼインの運命に分岐《ぶんき》を刻み、誘惑しなければ。

けれどもゼインは、罠に嵌まった。

そして他人と自分を切り刻むことでしか生き延びられない日々に堕《お》とされたのだ。

その事実をまざまざと見せつけられて、ルカの心臓は激しく波打ち、引き攣れる。

「私……は」

呻くように呟く。

「私は、間違っているのか?」

十一年前の妖精の夜に妖精王とまみえ、おのれが「世界の命運」に関わる崇高《すうこう》な使命を与えられて、人間の世に送られたのだと教えられた。

そして、愛しい者を世界の犠牲《ぎせい》にするかどうかを選ばされたのだ。

九歳のときに初めて目を覗きこまれたときから、ゼインに強く惹《ひ》きつけられた。彼の両親の死を予見してしまい、ゼインが隣村へと離れていったときは、ひそかに涙した。

十四歳のときに再会し、ひと夏をともに過ごし、陥れ、ノーヴ帝国からゼインが追放となったときは、我が身を裂かれるほどに苦しかった。毎朝毎晩、ゼインが無事でいるようにと祈った。

ゼインを裏切ったことはしかし「世界の命運」のために仕方のないことだったのだと、自分に言い聞かせてきた。

そしてゼインは、身も心も傷だらけになりながら生き延びてくれた。

「ああ…っ」

単眼鏡のなかで、ゼインの身体が大きく跳ねた。おそらくどこかに被弾したのだ。

それでもゼインは足を踏ん張り、短刀を振り上げる。

「……もう」

単眼鏡が震えるルカの手指から抜け落ちて、落下していく。

ゼインは背負わなくていいものを背負い、耐えたのだ。いくら世界の命運のためとはいえ、ゼインがこれ以上、犠牲になっていいものなのか？

もしもゼインが噂《うわさ》どおりの残忍なだけの海賊になり果てていたのならば、ルカも割り切って、ふたたびゼインの運命を狂わせて利用しただろう。

けれどもゼインは、いまだに本来の彼の優しさを奥底に秘めているのだ。それゆえに深く傷つきつづけている。

「もう、いい」

呟くと、ルカは腰に巻かれている縄をほどき、見張り台の縁に上ってそこから下ろされている縄を摑んだ。

「お、おいっ、なにしてるんだよっ」

マルーが瞠目してルカの手首を摑み、引き戻そうとする。

黒い目を光らせて、ルカは若者を睨みつけた。

「ゼインのところに行かなければなりません」

「船長のとこにって、無理だって」

手を振り払って、ルカは縦横に編まれた縄を伝って下りはじめた。

――ゼインを助けないと。

それが、彼を地獄に突き落とした自分の務めなのだ。下りていくにしたがって、血の匂いが濃密になっていく。焦るあまり、何度も縄を踏み外しそうになる。なんとか半分ほど下りたときだった。

凄まじい揺れが船を襲った。

「あ……」

手が縄から離れた。

摑みなおそうとしたときにはもう身体が宙に浮いていた。

5

身体のあちこちに鈍い痛みがある。瞼を上げると、見慣れた寝室が現れる。丸窓から射しこむ光がひどく眩しく感じられた。

「……」

ルカは鈍痛に抗いながら上体を起こした。

――助けないと……。

ちょうどその時、褐色の肌の若者が階段を上ってきて、パッと顔を明るくした。

「ああ、よかった！　目を覚ました！」

見張り台にいたマルーだった。水差しと皿を載せた盆を手に駆け寄ってきた彼の腕を、ルカはきつく摑んで詰問《きつもん》した。

「ゼインは……ゼインは、無事なのですか？」

「けっこうな怪我だったけど、脇腹の弾は貫通してたし、あっちこっち縫って、酒飲んで消毒してた。まあ、いつもどおりって感じさ」

血まみれのゼインが被弾した身で短刀を振り上げるさまが、いま目の前で見ているかのようにありありと思い出される。

心臓が痛みに軋んで、ルカは胸をきつく押さえた。

するとマルーが慌てて水差しからカップに水をそそぎ、丸薬と一緒に差し出してきた。

「あんただって、けっこうな高さから落ちたんだぜ。あっちの船が暗礁《あんしょう》にぶつかってさ。骨折しなかったのは奇蹟だって。この炎症止めの薬は打撲《だぼく》に効くから」

この心臓の痛みにはどんな薬も効かないだろうが、ルカは薬を嚥下した。それを見守っていたマルーが大きく頭を下げた。

「俺、船長からあんたのこと守れって言われてたのに、できなくて。……ごめんな」

「――ゼインが、私を守れと？」

ルカが怪訝な顔で訊くと、マルーは改めて言った。

「そう命令されてた。絶対に死なせるなって」

「……」

「本当だって！　船長はあんたが落ちたの知って、自分の怪我の手当てもさせないで、まずあんたの様子を見にきたんだからな」

言いながら、マルーがベッドの敷布を指さした。

見れば、そこには大きな赤黒い染みがついていた。敷布だけではない。床にも血液が染みたらしき黒い跡があり、それは階段からベッドの横まで引きずるように続いている。

ルカは敷布の染みに、震える指で触れた。

――ゼインの……血。

染みを手指で包んで、布をぐっと握り締める。

マルーが小声で言ってくる。

「船長は、あんたが公爵の息子で人質だって言ってるけど、あんたと船長は幼馴染《おさななじ》みなんだろ？　なんか喧嘩別れとかしたんだろうけどさ。真名を教える仲なんて、よっぽどだ」

「真名は私が一方的に捧げただけです」

「あのさぁ、あんたが真名を捧げて、船長はそれを受け入れて手元に置いてるんだよな。それってあんたの運命を引き受けたってことだ。生かすにしても殺すにしても、船長は全力をそそぐよ。海の冥王はそういう男だから」

ルカの手からカップを取り上げると、マルーが皿を突き出してきた。

「この粥《かゆ》を食ったら、もうひと眠りしなよ。目が覚めたときには薬が効いて少しは痛みが治まってるはずだからさ」

口のなかが切れていたが、粥はあまり沁《し》みることなく飲みこむことができた。完食を見届けてからマルーは寝室を出て行った。

ルカはベッドに横になると、枕元の血の染みに掌を載せた。

――……これ以上は、できない。

いくら妖精王に命じられたことでも、世界の命運がかかっていることでも、ゼインの狂おしい無残な姿を目の当たりにしてしまったいま、ゼインの運命をふたたび捻じ曲げてこれ以上の重荷を背負わせることを、ルカは受け入れられなかった。

ゼインの運命を捻じ曲げるという自分の使命を、断ち切らなければならない。

左手の真名にゼインの血を染みこませるように、ルカは敷布にきつく掌を押し当てた――。

次に意識が戻ったとき、身体の痛みはいくらかやわらいでいたが、胸の痛みはそのままだった。夢のなかでずっと、ゼインが血まみれで戦っている姿を見ていたような気がする。

目を開けると、陽光ではなくカンテラの光が寝室を照らしていた。

葉巻の香りとともに、くぐもった声が流れてきた。

「えらく魘《うな》されてたぞ」

見れば、ベッドから少し離れたところに置かれた椅子にゼインが背凭《せもた》れを前にするかたちで腰掛け、葉巻を咥えていた。

その姿を目にしたとたん、胸の痛みが一気に増した。

ゼインの裸の上半身は、腕にも肩にも腹部にも包帯が巻かれている。右脇腹の包帯には大量の血が滲んでいた。被弾したところだろう。

彼の逞しい身体を覆う傷のひとつひとつは、このようにして刻まれてきたのだ。

しかしルカは感じている痛みをわずかも顔には出さずに、起き上がりながらゼインに告げた。

「次に私になにかあったら見殺しにすることです。それがあなたのためになるでしょう」

ゼインが揶揄するように返す。

「お得意の、災いの預言か？」

「そうです。私にはもう触れぬことです」

「はっ、触るな、だと？」

鼻で嗤いながら椅子から立ち上がると、ゼインは葉巻を踏んで火を消し、大きな足取りでベッドに近づいてきた。

「言ったはずだ。互いに生きていたら、お前を滅茶苦茶にしてやるってな」

ルカはゼインから離れようとベッドのうえを後ずさったが、すぐに背中が壁にぶつかった。

ゼインの膝がベッドに載り、軋む音がたつ。ルカは咄嗟《とっさ》にベッドから降りて逃げようとしたが、その前に両足首を摑まれた。足掻くけれども、強すぎる握力に動きを封じられて、脚を開かされていく。

壁に追い詰められるかたちで、腿のあいだにゼインの膝が深くはいってくる。覆い被さってくる男の頰を、ルカは平手で打った。

ゼインが心地よさそうに喉で嗤う。

「殴るなら拳で殴れ」

腿の下に、太くて硬い腿がはいってくる。まるで座位で犯されるような姿勢だ。

今度は拳で、ゼインの包帯を巻かれている左の肩口を殴った。傷に響いたらしく、ゼインが顔を歪めて唸る。けれどもわずかも身体を離そうとしない。

ルカの首の鉄枷を、ゼインがぐっと摑んだ。

気道を狭められる苦しさに顎を上げると、間近で視線が深く絡んだ。

鼻の頭に苛立ちの皺を寄せたゼインに問われる。

「どうして逃げる？　あんなに俺に触られたがってたくせに」

「私に触れれば、また十一年前と同じ轍を踏みます。背負わなくていい重荷を不当に背負わされることになります」

脅すと、ゼインが好戦的な笑みを浮かべた。

「面白《おもしれ》ぇじゃねぇか」

「――」

唇に吐息がかかる。

「背負わせてみろ」

碧い虹彩の絡みあう模様が、ぎらりと光る。

後頭部が壁に強く押しつけられる。唇を熱くてしたたかな感触に潰されていた。

「ん…ん」

顔を背けようとすると、首枷を摑んでいたゼインの手が、耳へと流れた。両耳を覆い隠すように頭を挟みこまれて、逃げ場を奪われる。

唇を荒々しく啄まれて、痛むほど吸われる。

ジワジワとした痺れが頭の奥で波紋を拡げ、身体の感覚が曖昧《あいまい》になっていく。頑なに閉じていた唇を、強くくねる舌でこじ開けられた。

――いけない…。

またゼインの運命が捻じれてしまう。

ゼインがよくても、ルカにはその覚悟が――ゼインを苦しめる覚悟がなかった。

侵入してこようとする舌に嚙みついて拒もうとすると、ゼインが甘く喉を鳴らした。嚙まれたままの舌が強くくねり、ルカの舌に触れてくる。

その熱っぽさとこそばゆさから、ルカは舌を丸めて逃げる。

ゼインが焦れたように、さらに身体を密着させてきた。完全にゼインの膝に座らされるかたちになる。脚のあいだにゴツゴツとしたものを擦りつけられて、ルカはもがいた。

そちらに意識が行った隙に、ずぶりと舌を奥まで挿れられる。

「うん――む…」

丸めている舌の裏側をねっとりと舐め上げられる。ルカの脚は自然と狭まり、男の脇腹を強く挟みこむ――とたんに、ゼインが身体を引き攣らせた。銃創を圧迫されたのだろう。

一瞬、腿の力を緩めたが、ルカはふたたび腿で男の胴体をきつく挟んだ。

けれどもゼインはまったく退こうとしない。

痛みに全身の筋肉を膨らませながらも、ルカの舌を舌で搦《から》め捕る。舌を固めてなにも感じまいとするのに、ルカの身体はヒクンと跳ねる。脚が震えて、力がはいらなくなっていく。

いつしかゼインに押されるままに脚を淫らに開き、舌をぐにゅぐにゅと捏《こ》ねられていた。両耳を掌で塞がれているせいで、口のなかの卑猥な行為の音が頭のなかいっぱいに響く。まるで脳を舐めまわされているかのようで。

耐えられなくて、ルカはすすり泣くような声を漏らした。

……十四歳のときにゼインに口づけされたときと同じように、身も心も苦しい。痛む左胸に手を当てると、ふいに口から舌を抜かれた。入り混じったふたりの唾液が、とぷりと開いた口から溢れた。

「そこが痛むのか？」

シャツの裾を脚衣から引きずり出されて、裾から手を差しこまれた。脇腹から素肌をぞろりとなぞり上げられる。ルカの掌の下に、皮膚の厚い手指が割りこんだ。胸をまさぐる男の手を、ルカはきつく摑む。

胸の粒を、人差し指と中指のあいだに挟まれた。

「ぁ…」

強い痺れがそこから拡がって、胸を退こうとする。しかし背後の壁に阻まれて逃げられない。腰を捻じって上体を右側に深く倒すと、ゼインが覆い被さってきた。さらに逃げようと俯せになるルカの背中にゼインが体重をかける。

動けなくさせられたルカの胸を、ゼインが両手で覆った。意外な優しさで胸を撫でまわされる。

「嫌、です」

身体が大袈裟《おおげさ》なほどビクビク跳ねるのを止められない。

乳首を親指でなぞりながらゼインが耳元で囁く。

「……お前が嫌がることをたくさんしてやる」

首を横に振ると、乱暴な動きで身体を仰向けにされた。シャツを胸のうえまでたくし上げられ

て、衿元の飾りが顎にかかる。

露わになった胸に、ゼインが顔を伏せた。

赤く凝《こご》った粒が男の唇のなかに消える。そこを吸い上げられる感触に、ルカは背中を浮かせ、金の髪を摑んだ。引き剝がそうとするのに、尖りをぬるぬると舐められて、力がはいりきらなくなる。

「ぅ…う…」

右胸の粒も指で摘まれて、転がされる。

——……こん、なこと。

ゼインと性交することがあったとしても、それは怨嗟をぶつけられる行為であって、暴力的に犯されるはずだった。

まさかこんなふうに、まともに愛撫《あいぶ》をされることになるとは夢にも思っていなかったのだ。

「や…」

胸から下腹部へと、熱くて重たい痺れがどんどん流れ落ちていく。

左胸からようやく唇が離れた。

わずかに顔を上げたゼインと目が合う。視線を絡めたまま、ゼインが今度は右胸へと唇を寄せた。大きく出された舌が乳首を包み、舐め上げる。同時に、濡れそぼった左の粒を潰すように親指の腹で捏ねられた。

「っ、ぁ……ん——」

腰に溜まりきった痺れがついに決壊した。

ゼインの頭を両手でかかえて、ルカは丸めた身体を激しく引き攣らせた。その身体がくったり力を失うと、ゼインが舌なめずりをしながら上体を起こした。

そしてルカの脚衣をぐいと引きずり下ろし……眉間に皺を寄せた。

ルカは喘ぎながら自分の下腹部を見た。茎は萎えたままで、透明な蜜だけを大量に零していた。

「商売女よりも、フリがうまいとはな」

射精していないために達した演技をしたと思われたのだ。

「……ちが――私は、ぁあっ」

萎えた茎を咥えられて、ルカは身を強張らせて悲痛な声で訴える。

「いたい……痛い…っ」

ゼインが下腹部から口を離して、気分を害したように言う。

「痛い、はねぇだろ。確かに男のは舐めたことねぇけどなぁ」

しかしルカの蒼褪《あおざ》めた顔を見て、本当に苦痛しか覚えていないのだと理解したようだった。ゼインは舌打ちすると、ルカの脚衣を引き抜いた。そして自身の脚衣も脱ぎ捨てる。

包帯だけをまとった姿で、下腹部の器官を極限まで反り返らせている男の姿を、ルカは自分の開かされた脚のあいだに見る。背でずり上がると、ゼインが一気に上体を倒してきた。腰が浮くほど腿をもち上げられ、会陰部にぬるつく熱い肉棒を押しつけられる。

「おね、がいです」

シャツのレースになかば顔を埋もれさせながらルカは懇願する。

「やめてください――やめて…」

亀頭でぬちゅぬちゅと蕾を擦られて、ルカは口角を下げて唇を震わせる。

「お前のここが吸いついてきてる」

「……」

確かに自分は、もうこれ以上、ゼインの運命を狂わせたくないと強く想っている。

それなのに、肉体は想い人を手に入れられることに狂喜していた。

窄まりに男の先端がめりこんでくる。

「は…」

衝撃を予期して身構えるけれども、しかしそれは訪れなかった。代わりに、浅く接合した部分を捏ねられていく。

「な…に？」

「こないだはかなり傷つけたからな」

体内を濡らされていくのをルカは感じる。先走りをそそがれているのだ。

半端な行為につらがってヒクつく孔から亀頭が外されたかと思うと、親指がそこにぐっとはいってきた。

「すげぇ喰いつきだ」

太い指に内壁をいがめられ、擦られる。その動きが滑らかになってきたころ、指を抜かれて、また亀頭を宛《あ》てがわれた。わずかに口を開いた場所に先走りをそそぎこまれる。そして今度は中指と薬指をゆっくりと嵌められた。蕾と内壁を締めて抗おうとするが、無駄だった。人差し指まで咥えさせられてしまう。

三本の指でぬくぬくと犯されながら、会陰部を親指で擦られる。

宙に浮いている脚がもがき、突っ張る。

透明な蜜をしとどに溢れさせる萎えた茎を、ゼインに凝視される。

「俺が相手じゃ勃《た》たねぇか」

「そうでは、ありま……」

体内の弱い場所を擦られて息が詰まる。その凝りの存在に気づいたゼインに、執拗《しつよう》にそこを捏ねまわされた。

朦朧となったルカのなかからようやく指が引き抜かれる。

乱された蕾に、三たび陰茎を宛てがわれた。そこに重さがかけられ——そのままぐうっと押し拓かれた。

「ひ…ぁ、あっ」

身体を奥へ奥へとこじ開けられて、ルカは目を見開く。

ゼインが挑みかかる顔つきで睨んできた。

「災いの預言者、ルカ」

唸り声で命じられる。

「俺の運命をふたたび変えてみせろ！」

大きく深く突き上げられて、ルカの手足が跳ねまわる。

「嫌、です——もうゼインを……」

胸は潰されるような痛みを覚えているのに、子供のころから調教されてきた内壁は男を与えられて熱く痺れ、さらに男を深く呑みこもうと蠢く。

ついに脚のあいだに、ゼインの下腹が密着した。

「あ……あぁ」

悲痛な声をあげながら、ルカは繋がりを外そうと詮無《せんな》くもがく。

「抜いて——抜……」

訴える唇を、ゼインの唇に塞がれた。

舌を含まされて、舌を忙しなく舐められる。

それに重ねて、ゼインが結合部分を揺すりだす。

「ん…ぅ…ん……ん、ん」

——もう、捻じ曲げたくない、のに……。

男の動きに、粘膜が応えてしまう。

ゼインの舌に、神経を蕩《とろ》かされていく。

硬いペニスにゴリゴリと擦られて、身体が奥底からうねる。

ゼインの身体がヒクリと震えて、唇が離れた。その唇が掠れ声で呟く。

「お前の身体はどうなってんだ？　…っく、もってかれる」

自制が利かなくなったように、ゼインが身体全体を波打たせて腰を遣いはじめた。

長々としたものを根本まで押しこまれては、括《くび》れが蕾に引っ掛かるまで抜かれる。そしてまた一気に根本まで押しこまれる。

「ひっ……うっ……ふ、ぁ」

突かれるたびに肺を下から押されて、声にならない音をルカは漏らす。

激しい角度で反り返っている陰茎が通るたびに、腹側にある凝りから快楽が噴き出していく。あまりにつらくて、ルカは敷布に足の裏をつき、みずから腰を高く上げた。そうして強すぎる刺激を避けようと努めるのに、ゼインが上体を起こす。繋がる角度が変わって、凝りを亀頭でもろに擦られた。

「い、あ――ぁ、ぁあ」

ルカの露わな腹部がこらえきれない快楽に小刻みに震える。

「ここがいいんだな」

長いペニスをなかば抜いて、ゼインが張り詰めた先端で一点をくじりだす。逃げようとよじれる腰をがっしりと両手で摑まれる。

「ひぅ、は……」

ルカは苦しさに口をパクパクさせた。

身体が芯から硬直して、大きく跳ねた。指先まで痙攣《けいれん》に包まれていく。

狭まる内壁に動きを封じられながら、ゼインが苦い声で問う。

「それも、演技、なのか？」

萎えたままの陰茎を指で掬われた。なかば皮に包まれた亀頭は相変わらず透明な蜜だけを垂らしている。

いまだ体内のわななきが止まらないルカの答えを待たずに、ゼインが力任せにペニスを奥へと叩きこんだ。

「演技する余裕もなくさせてやるっ」

思い違いをしたままゼインが苛立たしげに言い、猛然と腰を遣いだす。

「待、っ…、いまは」

果てたばかりのいまは無理だと訴えようとするけれども、まともに息が吸えなくて言葉が継げない。

ルカは唇を丸く開き、わずかに出した舌をわななかせた。その舌を、ゼインの熱い舌に舐め叩かれる。

「う…う…」

身体の芯がまたぎゅうっと強張っていく。

締まりきった粘膜が男の性器に嚙みつき、ゼインの動きのままに身体を振りまわされる。

ルカは自分を犯す男の背に両手を這わせた。いくつもの傷を指でなぞり上げる。すべて、自分が刻ませた傷だ。

濃厚な血の匂いがする。ゼインは血を流しながら自分を抱いているのだ。

「ぐ、ぅ、おお、ふ」

咆哮めいた呻きとともに、ゼインが身体を強く波打たせた。

熱いものをドッ…ドッ…と幾度も粘膜の奥に射《う》たれるのをルカは感じる。

ぶるっと身震いして残滓《ざんし》まで流しこんだゼインの肉体が、休む間もなくふたたび弾みはじめる。

粘膜に種液を擦りこまれながら立てつづけに犯されて、ルカは悲痛に顔を歪めた。

――ああ……。

世界が揺れ崩れていく。

――ゼインの築いてきた世界が……また。

6

鞭の痕が薄紅く残る白い背中が、眼下でくねる。

ゼインは息を荒らげながらそれを凝視していた。

いまルカは、膝をついて臀部だけ上げ、上体を伏せている。つややかな黒髪は敷布に流れ散り、項を露わにしていた。項から背中へと薄っすらと骨の連なりが浮いて見える。それは尾骶骨まで続き——その下の谷間には、男の性器がずっぷりと嵌まっている。尻たぶは幾度も腰を打ちつけられて、紅く腫れている。

朝に晩に、昼間のほんの数分にも、ゼインはこうしてルカを抱く。抱かずにはいられないのだ。

少年の日のルカを重ねることによる罪悪感よりも、焦燥感のほうが優《まさ》っていた。

——またいつ、こいつに触れられなくなるかわからない。

十一年前のような人生の激変はいまだ訪れていないが、ルカが預言しているからには、このまま

まの日々が続くわけがない。

明日にはルカは自分の手のなかから消えているのかもしれない。そう考えると、いてもたってもいられなくなる。

——明日、か。

「生きている今日」の繰り返しでしかない日々のなかで、こんなふうに「明日」を意識し、懼れているのは、ひどく奇妙な感覚だった。

ルカが首を捻じって苦しそうな顔で詰ってくる。

「私を……犯し殺す気ですか？」

ゼインは上体を伏せてルカの汗ばんだ背に、胸と腹部をつけた。間近に黒い眸を覗きこむ。

「俺にはお前を滅茶苦茶にする権利がある。そうだろ？」

半開きの唇を奪うと、ルカがとたんに身体をビクビクと跳ねさせはじめた。ペニスを忙しなく締めつけられる感覚に、ゼインは身体の芯が爛れるほどの快楽を覚える。

これまで女しか抱いてこなかったが、ルカが見せる反応は、絶頂のときのそれと酷似している。それなのに――ゼインは、ルカの下腹部へと手を差しこんで、失意を覚える。

どれだけ抱いても、ルカの陰茎は勃起することも種を放つこともないのだ。そのことを問い詰めると、そういう体質なのだと弁明されたが、そんなわけがない。

男の快楽は隠しようがない。要するに、ルカは快楽を得ていないのだ。果てたふりをするのがやたらにうまいのは、そうすれば男が興奮して早く行為を終わらせると学習しているせいか。

――要するにこいつにとっては、俺も、ガキのころに性的虐待をしてた奴も、変わらないわけだ？

そう考えると、口惜《くや》しさと憤りが腹の底から湧き上がってきた。

ゼインは陰茎を乱暴に引きずり出すと、ルカの身体を仰向けに転がした。力なく開かれた脚のあいだに身体を入れて、透明な蜜まみれになっている茎を握る。そのくったりとしたものを、根本まで口に含んだ。

とたんに、ルカが苦痛の悲鳴をあげた。

「い…た――痛い……っ」

髪を鷲掴みにされて引っ張られても、ゼインは口のなかのペニスを舌で捏ねつづける。皮のなかに舌先を突っこんで亀頭を舐めまわすと、ルカが全身を引き攣らせた。そして譫言《うわごと》のように口走った。

「もがないで……」

その言葉にギョッとして、ゼインは思わず茎を口から出した。するとルカが横倒しにした身体をきつく丸めた。肩が竦み、震えている。

「――もがれそうになったのか？」

ルカが自身の膝頭に顔を伏せて、押し黙る。

「お前のことを好き勝手してた奴に……」

問い質そうとしていると、階段を駆け上がってくる靴音が聞こえた。

「船長、伝書鳥が緊急の報告を運ん、で」

副船長のロムが階段の最上段で蹴つまずくようにして、言葉と動きを止める。

その灰色の眸が、剝き出しになっているルカの臀部に釘付けになる。肉の薄い双丘は紅く腫れ、その狭間からは白濁が溢れていた。

ゼインはルカの身体に毛布をかけながら問いかけた。

「どんな報告だ？」

「え、あ、はい。ノーヴ帝国海軍にカーリー号捕獲の命令が下されたそうです」

ノーヴ皇帝が、自分を討伐するために海軍を増強しているという話は耳にしていたが、実際に動くのはまだ先だろうと踏んでいた。

「急だな」

「ルカ殿のあの死体だらけの商船を、海軍が見つけたんです。それがどういうわけか、カーリー号による大虐殺ということにされて、ルカ殿の遺体だけ船になかったことからカーリー号に囚われているのだろうと」

「要するに、ルカを保護するのが目的ということか」

「どうやら大司教が強く皇帝に要請《ようせい》したようです」

「ハネス大司教か……」

かつて一度だけ、大司教を間近で見たことがあった。

輝く薔薇窓を背負い、彼は無慈悲に、国外追放をゼインに言い渡したのだった。

ゼインは脚衣を穿きながら立ち上がった。

「ルカはもともとハネス大司教の管轄下の修道院で暮らしてた。ルカが修道院の外で暮らすことを許可したのも大司教だから、いまでも後見人みたいなもんだ。取り返そうと躍起《やっき》になるのも無理はない」

そして、吐き捨てるように宣言する。

「だが、あいつにだけは絶対にルカを渡さねぇ」

……少年のルカをいたぶり、ペニスをもごうとした相手。

それはハネス大司教なのではないか。

ルカは誰に弄《もてあそ》ばれていたのか言おうとしないが、「災いの預言者」と懼れられていた取り替え子に無体を働くほど傲慢《ごうまん》な者がいたとすれば、大司教ぐらいしか考えつかなかった。思えば、十一年前にゼインがルカを穢したことを咎めたときも、大司教はひどく苛立ち、憤っていた。

『ルカ本人が穢されたところを私に見せ、涙しながらそう訴えたのだ』

あの時、大司教はそう言った。

ルカは血で汚れた衣類や内腿を見せて——もしかすると内腿についた血のことを、犯されて傷つけられた際の出血だとでも訴えたのかもしれない——、わざと大司教の気持ちを逆撫でたのではなかったか。

そして大司教はルカに操られるままに、ゼインを国外追放にした……そう考えると、綺麗に辻褄《つじつま》が合う。

——おそらく、いまもそうだ。

少年のころだけでなくいまも、ルカは身体で大司教を懐柔し、操っている。だからこそ、取り替え子の身でありながら修道院を離れ、海商として独立することまで許されたのだろう。

——あいつには絶対に渡さねぇ。二度とルカに触らせねぇ。

ロムと階段を駆け下りながら、ゼインはふいに眩暈を覚えた。

——俺も……同じなのか。

ハネス大司教が操られているように、預言者ルカの手指でいいように操られているに過ぎないのか。

しかしたとえそうだったとしても、自分の行動は変わらない。

十一年前の自分は無力な子供で、運命に抗うすべももたなかった。しりぞけられるままにルカから離れるしかなかった。

――いまの俺は違う。戦える。

ルカを抱くときに運命を変えられる覚悟はした。しかしそれに唯々諾々《いいだくだく》としたがう謂《いわ》れはない。

運命にすら抗い、ルカを自分に繋ぎ留めてみせる。そして気が済むまで苛むのだ。

船長室で伝書鳥が届けた文書を読んだゼインは、「冥王の使徒」たち宛てに、自分と与《くみ》する者として帝国海軍に狙われる危険があることを告げる手紙を書き、伝書鳥たちに託した。

そうして今後の方針を考えこんでいると、二階からルカが下りてきた。

シャツと脚衣、絹靴下を身に着けて、髪も綺麗に梳《くしけず》られている。

ベッドのうえでの乱れぶりが嘘のように、人形然として端整だ。布張りの靴で優雅に歩み寄りながら、その黒水晶の眸がゼインへと向けられる。

「力を貸しましょう」

肘掛け椅子に深く身を沈め、ゼインは苦い顔で問う。

「力を貸すふりをして、都合よく操るつもりか？」

発情の名残にわずかに腫れている唇が薄っすらと笑み、答える。

「当たり前でしょう」

鼻白むゼインを見下ろしながら、ルカが続ける。

「ですが、ハネス大司教にしたがわないという意味で、私とあなたの利害は一致しています。私に操られても、今回は問題がないということです」

それは冷静な見解なのかもしれない。

だが、自分もまたルカの駒に過ぎないのだと言明されたのは、どうにも面白くなかった。

「都合よく俺を操って、お前は俺をどうする気だ？」

ルカが冷ややかに返す。

「あなたが、私に操られることを選んだのでしょう。忠告する私を無理やり犯して」

ゼインは目を眇めて、舌なめずりをした。

「お前を犯したことは後悔してない。まだまだ犯し足りねぇしな」

「犯すためには、私を取り上げられないようにする必要があります」

「確かにな」

こうして下から見上げていると、子供のころにかがんでルカの顔を覗きこんだときの気持ちが甦ってくる。あの頃の自分はただのやんちゃな悪ガキだった。けれどもルカは、すでに大人の真似事をさせられていたという。

苦いものが口のなかに湧き上がってくる。

「お前は何歳から大司教の相手をさせられてたんだ？」

唐突な質問に、ルカの顔に困惑が一瞬よぎり、消えた。

「九歳です。先の大司教が亡くなり、ハネスが大司教となってからすぐのことでした」

——九歳……。

それは自分が初めてルカの顔を覗きこんだ年だった。

「そんな顔をしないでください」

ルカが微笑して、みずからの胸に指先を這わせる。

「お蔭で私は武器を手に入れたのです」

「武器だと？」

「交渉のための武器です。九歳まで、私は不吉な預言をすることを理由に、修道院内ですら自由に行き来できませんでした。大司教が代替わりしたことで、私は身体を使う代償として、ほかの取り替え子と同じように生活できるようになったのです」

「っ、それをありがたがるのは違うだろうっ」

思わず椅子から立ち上がってルカの腕を摑む。

するとルカが綺麗な黒い眸で見上げてきた。

「私はありがたかったのです。修道院内で自由に過ごせるようになって——ゼインに声をかけてもらえるようになって」

「——」

「私はあなたを陥れ、苦しめました。あなたは私のことを恨んでいるでしょう。でも私にとって、あなたに顔を覗きこんでもらえたことも、あなたとひと夏の探検ができたことも、身体を代償にしても少しも惜しくないことだったのです」

——……騙されるな。

これもまた自分を手駒として最大限に活用するための、したたかな戦略の言葉なのだ。

なにが真実で、なにが嘘なのか。どこまでが真実で、どこからが嘘なのか。

頭のなかも、気持ちも、肉体も、ルカに惑乱させられている。

ゼインは摑んでいたルカの腕を殴るように放した。険しい顔つきで、ルカに告げる。

「お前がハネス大司教のところに戻るつもりがないのは信じる。しかしお前の助言のすべては信じない。こちらで精査する」

「それで充分です」

「もし俺から逃げようとしたら、殺す」

ルカが静かに頷く。

「そうしてください」

脅してもまったく動じないルカの態度に目を眇めていると、ルカがそっと身を寄せてきた。

懐柔の口づけでもするつもりかと、ゼインは身構えたが。

「さっそく、ひとつ役に立つ情報を差し上げましょう」

ルカは壁に貼られている暦《こよみ》を指差した。

「半月後に、皇帝陛下の末の皇子《おうじ》のアンリ様が十七歳の誕生日をお迎えになられます。皇帝はそれまでは帝国海軍を動かすことを禁じるはずです」

皇帝とは神であり、皇子は神の子だ。その生誕祭を血で汚すことを避けるというのは、妥当な推察だ。

「時間の猶予がある可能性は、確かに高いな」

暦を睨みながらそう呟くと、ふいに頬にやわらかな感触が押しつけられた。

驚いて視線を戻すと、ルカが間近で微笑んでいた。

「私の知識と預言を、あなたに授けましょう」

＊

「縄登りがうまくなってきたね」

ルカが見張り台に辿り着くと、マルーが笑顔で迎えてくれた。

「日に何度も登っていますからね」

マルーに笑みを返しながら、ゼインの不機嫌顔を思い浮かべる。

『いいか、勘違いするな。俺はお前に懐柔されて自由にさせるわけじゃねぇからな。てめぇの身をてめぇで守る機会をやってるだけだ』

六日前に共闘を決めてから、ゼインはルカの船上での自由を許すようになったものの、そう言って釘を刺してきたのだった。

マルーが空を見回しながら尋ねてくる。

「雲や風の具合からして今日は荒れないと踏んでんだけど、預言者様はどう思う？」

「そうですね。大きな異変はないでしょう」

「そっか。よかった。こないだのあれは本当に凄《すご》かったよな。預言者様がいなかったら、うちの船も危なかったよ」

　四日前、西の海上に大きな水竜巻が起こり、付近にいた漁船や商船が何隻も巻きこまれる騒動があったのだ。

　ちょうどカーリー号の針路に当たっていたのだが、ルカは直進すれば災いが起こると預言した。天候に恵まれて波も穏やかな日だったため、ゼインも船員たちも半信半疑だったが、念のためにその海域にははいらずに様子を見ていたところ、件《くだん》の水竜巻が起こるのを目撃したのだった。

　その一件があって、船員たちはルカの言葉に耳を傾けるようになったのだった。

　マルーは年が若いこともあって、すっかりルカの能力に心酔して「預言者様」と呼び、弟子にしてくれと目を輝かせて頼んできたほどだった。これまで悪い預言ばかりすると忌み嫌われてきただけに、それを肯定的に受け止めてもらえたことは、ルカにとって大きな驚きだった。

　そんなマルーの姿勢が伝播したことと、ルカが昨日も嵐を言い当てたこととが重なって、ほかの船員たちのルカを見る目も大きく変わっていた。取り替え子の証しである黒髪を忌み嫌うノーヴ出身の海賊たちすら、今朝はルカになにか預言がないかと訊いてきたほどだった。

「あっ！」

単眼鏡を覗きこんでいたマルーが声をあげたかと思うと、甲板に向かって大声を張り上げた。

「スキュラの島が左前方に見えてる！」

すると男たちがいっせいに歓声をあげ、ふなべりに駆け寄った。目のうえに手を翳《かざ》して左前方の海をしきりに眺めている。

ルカも単眼鏡で小さな島影を確認しながらマルーに尋ねた。

「あの島になにがあるのですか？」

「あそこは男にとっちゃ『神の護る島』ってとこかな」

「楽園ということですか？」

「そうそう。海賊たちの常春の楽園！」

すっかり浮かれているマルーを置いて見張り台から下りると、ゼインが妙に口角を緩めて、帆柱に背を凭せかけていた。

「ずいぶん、だらしのない顔をしていますね」

近づきながら指摘すると、ゼインが口許を親指で擦った。

「仕方ねぇだろ。スキュラの島に寄るのは久しぶりだからな」

「スキュラとは妖魔の名ですが？」

上半身が美女、下半身が六匹の犬という妖魔だ。かつては美しい妖精だったが、海神に愛されたことで妬まれ、そのような醜《みにく》い姿に変えられたのだという。

「本物の妖魔が棲んでるわけじゃねぇ。美女たちと獰猛な番犬しかいねぇ島だから、自然とそう呼ばれるようになっただけだ」

「……春をひさぐ者たちのいる、常春の楽園という意味でしたか」

「そういうことだ」

ゼインが酒を呑んだときのような目つきでスキュラ島のほうを眺める。

ルカはふいと顔を背けて甲板を立ち去ると、船長室の階段を上がって寝室へとはいった。ベッドに身を倒して、頭まで毛布を被る。

しばらくすると、甲板のほうから歓声と足踏みの音が湧き起こった。船が停まる。島に着いたのだ。

海賊はゼインのように国外追放になった者が多く、ノーヴ帝国領の売春館では人目につくため、ぞんぶんに羽を伸ばせない。そのため、孤島の女を買うのだろう。カーリー号はいい常連客らしく、女たちの嬉しそうな声が寝室にまで聞こえてきた。

——ゼインも……。

あれだけ見栄《みば》えのする男なのだ。いまごろ女たちが群がっているに違いない。今夜はここに戻ることはないだろう。

毛布のなかで身をきつく丸める。

全身の骨が内側から砕けるような痛みに襲われていた。素面《しらふ》ではとても朝まで耐えられそうにない。ルカは毛布を撥ね退けてベッドを降りると、キャビネットを開けて酒瓶を取り出した。

瓶の口をじかに咥えて、酒を呷る。

何度も噎《む》せて、顎やシャツの胸元を濡らしながら、無理やり飲んだ。瓶があらかた空になるころには頭の芯がぐらぐらして、全身の痛みが曖昧になっていた。ベッドに戻り、また毛布を頭まで被る。目を閉じると頭のなかがぐるぐると回りだす。

子供のころからのゼインとの思い出の断片が作る渦のなかへと、ルカの意識は吸いこまれていった。

その渦がふいに止まって意識が戻ったのは、階段を上ってくる靴音によってだった。

「ゼイン…」

ゼインが戻ってきたのだ。強い眩暈を覚えながらも、ルカは上体をなんとか起こした。しかし階段から現れたのは、副船長のロムだった。

「灯りも点《つ》けないでどうしたんですか」

ロムが壁かけのカンテラに火を入れてから、鼻をヒクつかせた。

「酒を飲んだんですか？」

「少し……だけです」

失意に項垂れながら、ルカは小声で尋ねる。

「ゼインは、いま、どこに？」

「船長ならスキュラ様――スキュラ様はあの島の女主人なのですが、彼女の部屋にいるかと」

「女主人とは、長いのですか？」

「十七で初めてあの島に行って以来ですかね。その頃はいまのスキュラ様はまだ島に来たばかりでしたが。スキュラというのは代々の女主人が引き継ぐ名前なのです」

「……十七……そんな昔から」

さらに深く俯くルカの様子が心配になったらしく、ロムがベッドに近づいてきた。

「大丈夫ですか？　具合が悪いですか？」

俯いたままルカは目だけを上げてロムを見上げた。

「あなたはどうして戻ってきたのですか？」

「えっ、それは、いや……ルカ殿がどうされているのか、気になって」

「ロム殿はお優しいですね」

ロムの喉がごくりと大きく鳴った。そしてなかば腰が抜けたようにベッドの端に腰を落とした。

灰色の眸が探るような眼差しで、ルカの腰や腿を這いまわる。その様子を眺めながら、ルカは囁き声でそそのかす。

「せっかく近くに美しい女性たちがいるのに、ここにいてはもったいないですよ」

「も、もったいないなどないです。ルカ殿のほうがよほど美しい」

引っくり返りかけた声で言いながら、ロムが圧《の》し掛かってきた。

敷布に仰向けに押さえつけられて、ルカは黒い眸に怯えた光を載せてみせる。

「いけません。もしゼインに知られたら」

「船長は朝まで戻りません。ああ…、ルカ殿、こうしてみたかった！」

首筋に吸いつかれながら、ルカは天井へと虚ろな視線を流した。

＊

スキュラの部屋を出たゼインは、絡みついてくる女たちをいなしながら館をあとにした。外に出たとたん、人の腰ほどの体高がある大きな犬が三匹駆け寄ってきた。スキュラ島の番犬たちだ。島には二十匹の番犬がいて、女たちを護っている。島の約束事を破る者がいれば、男も女も喉笛をその牙で引き裂かれることとなる。

ゼインは三頭の頭を順繰《じゅんぐ》りに撫でてやった。

「お前ら、これからもしっかりスキュラ様のことを頼むぞ」

オンオンと犬たちが尻尾を振りながら応える。

ゼインは桟橋《さんばし》から夜の海に浮かぶカーリー号へと戻ると、そのまま船長室にはいり、階段を上った。そして上りきったところで動きを止めた。

「な…」

打ち寄せる波に、カンテラの光がゆらりゆらりと揺れている。

その滲むような光が照らすベッドで、すんなりした白い脚がもがく。

「やめて……」

ルカはシャツをかろうじて腕に絡ませているだけの姿で、そのうえに圧し掛かっている男は下肢だけ裸だった。そして、その下腹部で突き勃っているペニスは、ルカの脚のあいだに先端を押しつけていた。

ゼインはなにも考えられないまま、ベルトから短刀を引き抜いた。

「ル、カ殿。力を抜いてください…っ」

耳鳴りのなかで、男の上擦った声が遠くから聞こえてくる。

頭のなかが熱いのか冷たいのか、わからない。喉の奥に巨大な塊が詰まっている。

男の亀頭がルカの蕾を抉《こ》じ開けていく。

ゼインは床を蹴った。

男が驚いたように上体を跳ね起こして、こちらを振り仰ぐ。

ゼインの目にはその男が、ハネス大司教に見えていた。

「てめぇが、ルカを…！」

大司教の胸に刃を叩きこもうとする。

「うわぁああ」

男の悲鳴が耳に突き刺さり、ゼインは瞬きをした。

そして床に転がっているロムを見る。

「あ……」

短刀を握った手には、毛布が絡みついていた。

毛布を投げた腕のかたちのまま、ルカが醒《さ》めた声で言う。

「ロム殿、あとのことは大丈夫ですから」

その言葉に、ロムが床を這いずったのちに、転がり落ちるように階段を下りていった。

だらりと落ちたゼインの手から、毛布と短刀が落ちる。

いくら激昂《げっこう》していたとはいえ、ずっとともに苦難を乗り越えてきた友を、自分は刺し殺そうとしたのだ。

あれほど信頼できる男はほかにいない。もしルカが本気で拒めば、ロムはあのような行為には及ばなかったはずだ。

「くそっ」

ゼインはルカを睨みつけた。

「お前がロムを誘惑したのか」

すると、同じほどの強さでルカが睨み返してきた。

「私がほかの男に抱かれるのが面白くないのならば、ずっとあなたが傍にいればいいでしょう」

「――」

睨みつけてくる黒い眸に涙が滲んでいることに、ゼインは気づく。

「また、スキュラのところに戻りますか？」

詰るように問うルカの声に、力はなかった。

ゼインは髪を掻きまわすと、大きく息をついた。そして乱暴な動きでベッドに腰掛ける。

「勘違いするな。スキュラには話があっただけだ」

ブーツを脱ぎ捨てながら説明する。

「スキュラ島は俺の身内がよく使う。だから帝国海軍に目をつけられねぇとも限らない。その時に海軍に渡していい情報の打ち合わせをしたんだ。あくまで仕事として俺たちを接待してるだけだと思いこませれば、海軍もスキュラたちを人質にするような真似はしねぇだろうからな」

「……本当は、仕事としての関係だけではないということですね」

「俺とスキュラは、お互いに下っ端のころに出会ったからな。まあ、同志みたいなもんだ」

横目でルカを見ると、そっぽを向かれた。

ゼインはベッドに膝で乗り、ルカの顔を覗きこむ。

「俺が女のところに行ったのが、そんなにむかつくか？」

ルカがさらに顔を背け、そのまま俯せに身を伏せた。シャツの裾から、臀部が剝き出しになる。

ゼインはその肉の薄い丸みを手指で捏ねる。

「まあ、俺も人のことは言えねぇか。お前を寝取られそうになって、危うくロムを殺すところだった」

ルカの腰の後ろがくっと縮んで、尻が上がる。ほかの男の先走りで濡れた蕾を見せられて、ゼインは奥歯をギッと鳴らすと、みずからの脚衣を引きずり下ろした。

嫉妬に猛るペニスを押し当てると、蕾が誘いこむように蠢きだす。

「俺にほかの奴を抱かせたくないなら、お前がいつも俺を満たしていろ」

ルカがその言葉に応えるかのように、みずから腰を後ろに引いた。襞が口を開いて亀頭を呑みこんでいくさまを、ゼインは凝視する。

「ぁあ、ゼイン…、ぁ…ふぁ――く」

腰を淫らにくねらせながらルカがさらに幹を深く含んでいく。

ゼインが腰に力を籠めて引きずりこまれまいとすると、焦れたルカが腰をぐうっとゼインの下腹に近づけてきた。根本までぬっぷりと咥えこまれ、痛いほど締めつけられる。

「う、ぐ…」

あまりの刺激に喉を鳴らすと、今度は陰茎全体を粘膜が揉みしだきだす。

「ルカ、おいっ」

責める声で呼びかけると、上体を敷布に伏せたルカが紅潮しきった顔で見返る。

「女より、いいですか?」

「…………、ああ、いい」

本当のことを答えると、ルカが嬉しそうに目を細めた。そうすると目が黒一色に塗り潰されたようになり、妖しいなまめかしさが増す。

しかしゼインは苦々しい気持ちになる。

どれだけ感じているような表情や姿態をしていても――ゼインはルカの下腹部へと手を差しこんだ。萎えた陰茎に触れたとたん、ルカが顔を歪めた。

「ここをもがれそうになったと言ってたな。それで感じなくなったのか?」

「……感じては、います」

「でも、いつもこのままだろう」

濡れている亀頭を指先で擦ると、ルカの身体が竦み、震えた。

「そこでは快楽を、得られないだけです」

「だからイけないってことだろ」

ルカが恥じ入るように顔を敷布に伏せた。

「私は――女性の達し方しかできないのです」

「女の達し方？」

理解が追いつかずに呟くと、ルカがつらそうな掠れ声で打ち明けた。

「性器を硬くすることも、射精することも、とてもはしたないことだと教えこまれました。少しでも反応してしまうと、茎の根を縛られて、もぎ取られそうになりました」

「……触ると痛がるのは、それが刷りこまれてるせいなのか」

ルカが頷く。

「種を出さずに、女性のように体内だけで果てられるように調教されたのです」

ゼインは憤りに身を震わせた。

――ハネスは、そんなことを…っ！

ルカが敷布に手をついて、つらそうに上体を起こす。そうしてゼインの胸に背をすりつけてきた。自然とゼインは尻をつき、ルカを膝に座らせるかたちになる。

ルカが脚を淫らに開きながら、首を捻じってゼインの顎に唇をつけた。

「だから、なかで果てさせてください」

頭の奥がチカチカする。

憤りが劣情と入り混じり、ゼインは下から腰を突き上げはじめる。

「ぁあ――すごい、奥……奥、好き」

果てたがる内壁が絡みついてくる。それを怒張しきったものでゴリゴリと擦りながら、ゼインは萎えたまま弾む茎を、血走った目で睨《ね》め下ろしつづけていた。

＊

出航が近い。

ルカが見張り台に登ると、マルーもほどなくして登ってきた。

島を見下ろしながらマルーがうっとりと顔を緩める。

「あー、最っ高の夜だったぁ。預言者様も女に相手をしてもらった？」

「いえ、私は」

「えぇえ！　船長もケチだなぁ」

ルカは苦笑する。女性を宛てがわれたところで、異性に性的興奮を覚えたことはなく、そもそもこの身体では交わることなどとうてい不可能だ。

「……でも、私にとってもよい夜でしたから」

真相を打ち明けたことでゼインは同情したのだろうか。ねだったことを、充分すぎるほど叶えてくれた。ルカには普通の男のような明確な絶頂がないぶんだけ、ずっと果てつづけることができる。昨夜はまさにそのようなありさまだった。

「あ、ミーナだ！　ミーナ！　ミーナ！」

マルーが見張り台から落ちそうなほど身を乗り出しながら、ぶんぶんと手を振ると、カーリー号の出航を見送りに出ている女たちのうちのひとりが、大きく腕を振り返した。マルーと同じぐらいの年のノーヴの娘だった。

「ミーナはすんげぇ性格がいいんだ。スキュラ島でもクシュナの男を嫌う女もいるんだけどさ。ミーナはいっぱい優しくしてくれんだ」

そう言って、マルーが左手首をルカに見せた。

「ほら。このお守りもミーナが編んで作ってくれたんだ」

綺麗な色糸を縒《よ》りあわせた腕輪だった。

ルカはすうっと目を細めてから、微笑した。

「きっとそれがあなたを守ってくれることでしょう」

いまや桟橋付近には、島中の女と番犬が集まっていた。海賊たちが馴染みの女を抱き締めてから、次々と船に乗りこんでいく。

ゼインがひとりの女にまっすぐ近づいていくのを、ルカは見る。

マルーに問う。

「あの紫色の服の女性が、スキュラ様ですか？」

「ん？　うん、そうだよ」

ルカは単眼鏡を目に当てた。

島の女主人のスキュラは、すらりと背が高く、立ち姿にも顔つきにも艶《あで》やかさと気の強さが漂っていた。結い上げた髪には櫛をひとつだけ飾り、ドレスも装飾が少なく、美しく張った胸と腰のラインが際立つものを着ている。

単眼鏡のなかにゼインの姿が現れる。

ふたりはともに腕を拡げ、互いを抱き締めた。

——同志……か。

もし状況が許すのであれば、おそらくふたりは夫婦となっていたに違いない。

ルカは単眼鏡を下ろすと、海のほうへと視線を逸らした。

——けれど、あなたにゼインは差し上げられません。

青い水平線に、予見の緋色《ひいろ》が滲んで見える。

——彼のことは私が、あの水平線へと連れ去るのですから。

もう、自分とゼインの歯車は噛み合ってしまった。

運命の輪は止められない。


船は無人島を目指して進んでいた。今回もその島に「冥王の使徒」が集まるのだ。

ルカが船長室で机のうえに拡げられた地図を見ていると、ゼインが伝書鳥を肩に留まらせたままはいってきた。

「お前の言うとおりだったな。陸の仲間からの報告によれば、アンリ皇子の生誕祭まで、帝国海軍は身動きが取れないようだ」

「陸にも使徒がいるのですか？」

「国外追放になってねぇ奴は、ほとぼりが冷めたころに陸に戻ることもある。それこそスキュラ島の女を身請《みう》けして、所帯をもつ奴もいる。この鳥を飛ばしてきたモスもそのひとりだ」

「そうなのですか…」

「陸に戻った仲間たちが物資補給を手伝ってくれるからずいぶん助かってる」

「信頼できる人たちなのですね」

「当たり前だ。このカーリー号に乗ってた奴らなんだからな」

その誇らしげな言いぶりに、ルカはくすりと笑う。

「なんだ、なにがおかしい？」

「いえ、確かにこの船の人たちは、乱暴者で鳴らしているわりには、ものを見る目が歪んでいないと思って」

「ものを見る目？」

ルカはゼインを見上げながら教える。

「この船の人たちは誰も、悪いことが起きても私のせいにしないのです」

「ああ、そういうことか。悪いことは勝手にいくらでも起こる。それを身に沁みてわかってるんだ。悪いことが起きたからってそれを預言したお前のせいにするのは、ただの弱さだ。……俺もかつて、そうだった」

碧い眸が悔恨《かいこん》に曇る。

「うちの親が死ぬのを、お前は見通してた。俺はガキで弱かったから、どっかでお前が予見しなかったらうちの両親は死ななかったんじゃねぇかと思ってた。それで、お前から逃げた」

ゼインの手に頬を包まれる。

「悪かったな」

自分を罠に嵌めて国外追放に陥れた者にまで、こうやってみずからの非を認めて謝れる。それがゼインという男なのだ。そしてだからこそ、カーリー号の船員たちも使徒と呼ばれる者たちも、彼を慕うのだろう。

ルカが首を横に振ると、ゼインが唇に唇を重ねてきた。

肩に留まっていた伝書鳥が羽ばたいて船長室を飛びまわりだした。

ルカは思わず笑いながらゼインから顔を離すと、肘掛け椅子の背に留まった鳥に腕を差し出した。鳥が飛び移ってくる。

「水と餌《えさ》をやっておきます」

「ああ、頼む。そいつはモスの伝書鳥だから、休ませたら戻す」

「頃合いを見て、私が放っておきましょう」

そう返して、ルカは船長室をあとにすると、鳥たちが管理されている部屋へと行った。そこにはいくつもの鳥籠《とりかご》が吊るされている。鳥番から籠をひとつ貸してもらい、モスの鳥をそれに入れた。餌と水の小鉢を止まり木にかけると、鳥はすぐに嘴《くちばし》を水につけた。

その鳥に、ルカはそっと囁きかける。

「しっかり休みなさい。お前には大事な仕事をしてもらわなければなりませんから」

7

その朝、無人島の波の穏やかな湾にカーリー号は帆を畳み、錨を下ろしていた。冥王の使徒たちの船もすでに数隻到着している。会合は今夜の予定だ。

見張り台で単眼鏡を覗いていたルカは、小さな影を空に見つけると、急いで甲板へと下りた。そして海風に翼を乗せて飛んできた鳥へと腕を差し伸べた。

その鳥の足輪に着けられた小さな筒状の入れ物を開ける。なかには一枚の紙がはいっていた。それに書かれた文字を確かめて、ルカは安堵し、すぐに表情を引き締めた。

――これでゼインを確実に導ける。

ルカは伝書鳥を鳥番に預けると、急ぎ足で船長室に向かった。

扉を開けたとたんに、むわっと葉巻の香りが漂う。船長室の空気は煙で白く濁って見えた。そのなか、ゼインは肘掛け椅子に座り、机上の地図を睨んでいた。眉間には深い皺が刻まれている。

ルカは机を挟んで向かい合うかたちで、ゼインの前に立った。そして反対側から地図を見下ろす。地図上の海にはいくつもの×と○とが記されている。

「使徒たちとともに、いったんこの海域を離れるつもりですね」

ゼインが苦い顔で見上げてくる。

「小競り合いなら海軍相手でも立ち回ってみせるが、あの大砲を積んだ船が束になってかかってくるわけだからな。お前を大司教に渡さないために、仲間を不利な戦闘に巻きこむわけにはいかねぇ」

「あなたがこの海域を離れない限り、使徒たちもまた離れないでしょうね」

「そういうことだ」

ルカは地図のうえに両手を置くと、ゼインに覆い被さるようにした。

間近から碧い眸を見据える。

「あなたがすべきことは、真逆です」

「どういう意味だ？」

「あなたは軍港に向かうのです」

ゼインが目を眇め、葉巻を机のうえで揉み消した。そしてルカを睨みつけてきた。

「俺ひとりを破滅させるのなら好きにしろ。その覚悟はある。だが、俺の仲間まで巻きこむことは許さない」

「結果的には、あなたの仲間たちを救うことになります」

鼻白んでいるゼインに、ルカは言葉を重ねる。

「いま逃げれば、帝国海軍は海を制圧します。海の冥王の版図は喪われることになるのです。海賊は――あなたの仲間たちは、駆逐されるだけの存在になり下がります。あなたはいま、その分岐点に立っているのですよ」

「だから逆に攻めこめと言うのか？」

「そのとおりです」

ルカは、雙眼の船長が最新型の大砲を積みこんでいる船を目撃したと言っていた軍港を指で示した。

「三日後のアンリ皇子の生誕祭の日に、ここを襲うのです」

ゼインが唖然としたのちに、首を横に振る。

「馬鹿を言うな。いくら生誕祭とはいえ、軍港が手薄になることはない」

「アンリ皇子の生誕祭の日に、大きな凶事が起こり、それによって軍港は手薄になります」

「……災いの預言か？」

「そうです。私の災いの預言が外れることはありません」

ゼインの顔に懊悩《おうのう》が滲む。長い沈黙ののちに、ゼインが険しい顔つきで口を開いた。

「お前が俺を罠に嵌めないとは限らない」

ルカは選択の余地を与えないように、厳然と返す。

「ここで撤退すれば、あなたの仲間は陸にも海にも居場所がなくなります。これは、あなたたちのための戦いなのです。もし私が裏切ったと感じたら、その時は私の首を掻き切りなさい。真名で、自死を命じてもかまいません」

「――――」

肘掛け椅子からゼインが腰を上げた。

「この船の長とはいえ、玉砕覚悟《う》の戦いを俺の一存で決めるわけにはいかない。うちの奴らが納得しねぇことには、勝機も失せるってもんだ」

そう言うと、ゼインは強い足取りで船長室を出て行った。ルカもそれに続く。

ゼインが甲板を歩きながら大声を轟かせた。

「集まれ！　てめぇらの運命を択《えら》ばせてやる！」


正直なところ、ゼインが多数決を採ると言いだしたとき、ルカの背中に冷たい汗が流れた。勝算がないように思われたからだった。

甲板の中央に立つゼインを囲むかたちで、船員たちはぎっしりと居並んだ。

ゼインはルカの預言のことを話し、出撃か撤退かを彼らに問うた。

「預言者様が言うなら、俺は出撃！」

そう叫んで真っ先に拳を突き上げたのはマルーだった。血気盛んな者たちが「俺たちには出撃しかねぇだろ！」と続いて拳を突き上げた。

ほかの船員たちは隣の者と話し合ったり言い合いをしたりして、船上は騒然となったが、次第に「預言の力は確かだしな」「あの預言者は船長に真名を捧げてる」という声が多く聞こえはじめ、挙げられる拳が増えていった。そうして大多数が出撃を選んだのだった。

ゼインは撤退を望む者たちは出撃しなくていいと告げたが、結局すべての者たちがゼインとともに出撃することを望んだ。

忌まわしい「災いの預言」を船員たちが肯定的に受け止めてくれていることが改めて身に沁み

て、ルカは安堵とともに胸に熱を覚えた。

その結果を携えてゼインは無人島での会合に臨み、使徒たちもまた海の冥王と行動をともにすることを決めた。

そうして、海の冥王一派は、アンリ皇子の生誕祭の日に軍港を襲撃することとなったのだった。

＊

ノーヴ帝国第三皇子アンリは、生まれつきたいそう病弱で、日光に当たることのできない体質なのだという。そのため城の奥で静養し、人前には滅多に姿を現すことがなかった。

城内で仕える者でもアンリ皇子を見かけることは稀《まれ》だった。しかもアンリ皇子は日除けの黒いベールをすっぽり被っているため、見かけたところでそれは城内を彷徨う黒い影のような姿だった。

その黒い影の横には常に、銀の髪に若草の眸をもつ青年が寄り添っている。彼は修道騎士であり、アンリ皇子の警護を任されている者だ。名をオルトという。剣の名手であり、修道士としても高い位にある。

その生誕祭の朝、オルトはアンリ皇子の頭にベールを被せてから、ひざまずいた。

「今日一日をつつがなく送られますよう、全身全霊で皇子をお守りいたします」

黒いベールの下から、やわらかい声が応える。

「そなたに僕のすべてを委ねよう、オルト」

これは生誕祭の日に限ったことではなく、この主従が毎朝交わしている言葉だった。そして昨日までは、つつがなく日々を積み重ねてきた。

しかし、今日は違っていた。

アンリ皇子が国民の祝福を受けるために王城のバルコニーに立ったのとほとんど同時に、ドォォン…という爆発音が立てつづけに起こったのだ。オルトは飛び出してアンリ皇子を抱き締め、そして見たのだった。

軍港近くで、凄まじい煙と火焔《かえん》が上がるさまを。

「オルト、あれはいったい…」

震え声で呟く皇子の背をオルトは撫でた。

「大丈夫です。殿下。おそらく大砲工場で火災が起こったのでしょう。あそこには大量の火薬がありますから」

大砲工場の鎮火に当たるために、王都中の兵が駆り出された。

そしてその騒動に乗じるように、もうひとつの大きな凶事が起こったのだった。

＊

みずから見張り台に登ったゼインは単眼鏡をゆっくりと動かしていく。

軍港には、二十五隻の船がずらりと並んでいた。頭数だけならば引けを取らないが、向こうはあの厄介な最新式の大砲を二門ずつ積んでいるのだ。

こちらもカーリー号ともう一隻の船に、ザギの船から回収した大砲を一門ずつ載せてある。弾はそれぞれ五発ずつある。長距離から敵船をできる限り沈めてから戦うにしても、こちらにそうとう不利であることは間違いない。

見張り台に登ってきたルカが、横で単眼鏡を目に当てた。

しかしそれはなぜか軍港とは違う方向に向けられる。王城の方向だ。

「ゼイン、出撃の準備を」

「まだ『大きな凶事』とやらは起こってねぇぞ」

「もうすぐ起こります」

強い語調でルカが断言する。

ゼインは短く唸ったが、すぐに決断を下した。甲板にいる船員に合図を送って狼煙《のろし》を上げさせた。それを受けて、ほかの二十七隻の船もいっせいに帆を張りはじめる。

そうして陸へと進みだしてからほどなくして、凄まじい轟音が陸のほうから響いてきた。轟音は幾度も繰り返され、みるみるうちに炎と煙が上がりはじめる。

「あれが、大きな凶事か？」

ゼインは興奮を抑えきれぬ声でルカに確かめた。

「そうです。大砲工場で火災が起きたのです。海軍の兵士たちも総出で鎮火に当たることになるでしょう」

それならば確かに軍港は手薄になる。

ゼインはルカの肩を拳で軽く殴って感謝を示すと、見張り台から縄伝いに下りはじめた。途中、見張り台へと急いで登るマルーとすれ違う。

ゼインは甲板に下りると、操舵輪《そうだりん》の近くにいる副船長ロムのところへ向かった。ロムがルカを襲った一件の直後は互いに気まずかったものの、ルカが誘惑したせいでもあり、またなによりもロムという男を認めているため、ゼインは件のことを水に流した。ロムもまた改めてゼインに謝罪し、ふたりの絆は元の強固なものへと戻ったのだった。

海軍の船を破壊するばかりでなく、可能ならば奪取するという計画も、工場の火災によって現実的なものとなった。

この戦いを制することができれば、海の冥王一派は駆逐されるどころか、大きな戦力を手に入れられることになるのだ。

ルカが言ったとおり、軍港の兵は多くが工場の対応で出払っているようだった。陸の見張り台の兵士が海賊の一団に気づいて警鐘《けいしょう》を鳴らしても、船に乗りこむ兵の数はわずかだった。

「よし、このまま一気にケリをつけるぞ！」

ゼインがそう声を張り上げ、船団が波を蹴立てながら前進しだしたときだった。

「うわぁああ」

頭上から叫び声が聞こえてきたかと思うと、ドスンと音がした。

船員たちが仰天して声をあげる。

「おい、マルー！　どうしたんだっ」

どうやら見張り台から落ちたらしい。マルーは蒼い顔で気を失っていた。右脚の膝から下があらぬ方向に曲がっている。

「マルーを船室に運んで、応急処置をしろ！」

ゼインの命令に、船員のひとりがマルーを抱きかかえて走りだす。

船が揺れたわけでもないのに、あの猿みたいに縄を渡るマルーが落ちるわけがない。

そう訝《いぶか》しく思いながら見張り台を見上げたゼインは、碧い眸を凍らせた。

見張り台にはまだルカがいた。

――まさか……ルカが……。

惑乱に陥りそうになるゼインの腕を、ロムが摑み、揺さぶった。

「船長！　指揮を！」

いまや軍港は目と鼻の先だ。

――もし……もしもルカが裏切るつもりだとしたら。

けれどもいまはもう、そんなことを計算に入れている余裕などない。

すべての迷いを振り払い、ゼインは目の前の戦闘にすべての意識をそそいだ。

「一番右の船を沈める！　長距離大砲準備！」

二十五隻の海軍の船のうち、出航できているのは現段階で四隻だけで、しかも陸からまださほど離れていなかった。まずはその四隻を左右から潰していく作戦だ。カーリー号のほかに最左翼に位置する船が大砲を積んでいる。

カーリー号の放った一発目の新型大砲の弾は、狙った船の甲板に着弾した。その船に乗船したばかりの海軍兵士が慌てて海に飛びこむ姿が見えた。

その船に使徒の船が近づき、鉤縄伝いに数人の海賊が乗りこむ。彼らは煙の上がる甲板で大砲に取りつくと、港から出航しようとしている海軍の船を撃った。一発は外れたが一発は命中する。そうしているあいだに、船が沈みはじめる。海賊たちが元の船に戻ったのと同時に、爆発音をたてて海軍の船が火柱を上げた。

その船を盾にするかたちで、使徒たちが通常の大砲を港の海軍の船に撃ちこんでいく。

この戦術を繰り返し、先に出航した四隻の海軍の船と、港の十隻の船を沈めたり半壊させたりすることに成功した。残りは十一隻だ。

風も味方をし、海から陸へと吹く風が戦闘の煙を流し、煙幕を作ってくれる。

出航準備は向かって右側の船から順におこなわれていた。人手が足りないため、一気に出撃できないのだ。

使徒たちの船が煙幕のなか左から回りこみ、出撃待ちをしている船へと次々と飛び移っていく。船上で小競り合いはあったものの、左三隻の海軍の船が海賊の手中に収まった。

帝国の海兵たちは混乱しているうえに煙で状況が把握できていないのだろう。海軍の船には発砲しようとしない。それをいいことに、乗っ取られた三隻の船は次々に海軍の船へと弾を撃っていく。

どこかしらに損傷を受けた五隻の船に海賊たちが乗りこみ、さらにまた海軍の船へと砲弾を叩きこむ。

煙のなかでも各船からチカチカと瞬くカンテラの動きで、大まかな戦況をゼインは摑むことができていた。

残り二隻だ。

——いける！

そう確信した直後だった。

前方から凄まじい風圧が押し寄せたかと思うと、カーリー号全体が海上から浮き上がりそうなほど揺れた。

船が大きく傾いて、ゼインはとっさにふなべりに摑まった。脚が宙に浮き、なかばぶら下がるかたちになる。そして今度は揺り返しで船が逆に傾いた。ゼインは頭から海水に浸かって海へと吸い出されそうになりながらも、自分の横を転がっていく船員を捕まえて船上に留めた。

カーリー号はなんとか沈まずにもちこたえたものの、一本の帆柱がぼっきりと折れていた。どうやらそこに砲弾が直撃したらしい。

煙のなかでカンテラの光が動く。

海軍の最後の一隻まで制圧したのだ。あとは離脱するだけだ。

ゼインは太い息をついてから、視線を忙しなく船上へと走らせた。捜していた姿はすぐに見つかった。ルカは帆柱の縄に摑まって落水を免れたようだった。

確かに戦闘はルカの預言に助けられ、勝利できた。

しかしマルーのことについては厳しく問い質さなければならない。

ルカがこちらを見た。視線が合う。

とたんに、ルカが甲板を走りだした。ふなべりへと身を引き上げたかと思うと、その姿がふっと消えた。

「な…っ」

ゼインは血相を変えてルカが消えた場所へと駆け寄る。泳ぎ去るルカの姿が波の狭間に見えた。

「逃がすか！」

海へ飛びこもうとするゼインの肘を、ロムが後ろからぐいと摑んだ。

「なにをするつもりですかっ！　ここを一刻も早く離れないと！」

咎められて、ゼインは眸を光らせた。

「……あいつは、俺のものだ。俺のものでいないなら殺す」

「船長！」

「命令だ。お前は計画どおりに撤退して、使徒たちと態勢を立てなおしておけ。俺はあとで合流する」

制止の腕を振りほどくと、ゼインは海へと飛びこんだ。

『もし私が裏切ったと感じたら、その時は私の首を掻き切りなさい。真名で、自死を命じてもかまいません』

あの言葉を忘れたとは言わせない。

こうして逃走したことから考えて、マルーを見張り台から突き落としたのはルカと見て間違いないだろう。

軍港に近づかせたのも、陸に戻るための算段だったのか？

——また俺を裏切って、俺から逃げる気だろうが、そうはさせねぇからな！

海面に漂う煙が、ともすればルカの姿を掻き消そうとする。けれどもゼインの眸はまるで惹きつけられるかのようにルカを捉えつづけていた。

もうすぐ追いつくというところで、ルカの姿が石で組まれた水路へとはいっていった。ゼインもそれに続く。水路のなかはひどく暗いが、横に足場があるのがわかった。ルカがそこに身を引き上げて奥へと走りだす。

ゼインもまた足場へと上がると、全速力で走りだした。

水路内に響くふたつの足音が、どんどん近くなっていく。そうしてついにルカの腕を摑む。激しく呼吸しながらゼインは怒鳴った。

「なんでまた俺を裏切った!?」

その問いかけに答えたのはしかし、ルカの声ではなかった。

「それはルカ・ホルムが敬虔《けいけん》な修道士であるからです」

声とともに、前と後ろからカンテラの光が現れた。

ゼインとルカを囲むかたちで六人の白い軍衣をまとった者たちが立っていた。修道騎士だ。彼らは次々に腰の剣を抜き、切っ先をゼインへと向けた。

ルカがゼインの手を振り払って、修道騎士の背後へと逃げこむ。

修道騎士の声が水路に陰鬱に響いた。

「海の冥王ゼイン、お前を大司教様の命により捕えるものとする」

――ハネス大司教の手下が、待ち伏せしていたということは……。

ルカの無表情な顔をゼインは凝視する。

――初めからこうして俺を捕え、大司教に引き渡す気でいたのか？

時計の針が凄まじい勢いで逆回転していくのをゼインは感じる。

十四歳の無力な子供だった自分へと引き戻されまいと抗いながら、襲いかかってくる修道騎士たちを、殴り、水路に突き落とす。

加勢の足音が水路に無数に響く。

気がついたときゼインは、濡れた冷たい石床に無数の手で押さえつけられていた――。

8

鉄格子の向こうで、壁にかけられたカンテラの灯りが不安定に強まっては弱まる。地下牢のこの階に収容されているのはゼインだけであるらしい。人気はなく、冷気ばかりが満ちている。

ゼインは獣のような唸り声を漏らした。

後ろ手に手枷を嵌められ、足にも枷を嵌められている。衣類は海水に濡れたままで、体温を奪われていく。ゼインはカチカチと鳴る歯を砕けんばかりに嚙み締め、また唸り声を漏らした。

心の宿らない人形のような、無表情なルカの顔が脳裏にこびりついている。

自分は十一年前と同じ轍を踏んだのだ。信じまいと警戒していたのに、結局はまたルカを信じてしまった。

しかし実際のところ、どれが真実でなにが偽りだったのか、こうなったいまでもゼインにはまったくわからないのだ。それはただ単に、すべてが偽りだったとは思いたくないという、甘い願望からくるものなのかもしれないが。

「ふ…」

二度も完膚《かんぷ》無《な》きまでに裏切られておきながら、いまだに自分がルカにとってわずかでも価値のある存在なのだと思いたがっている。そのことに呆れ果て、嗤いに喉が震える。それは次第に哄《こう》笑《しょう》となっていった。

「もう気が狂うておるのか」

神経質そうな声に、ゼインは嗤いを止めた。

鉄格子の向こうには、ケープのついた司祭服をまとった男が立っていた。

ハネス大司教だ。長い鼻筋と金色の眸、人を見下す顔つきには、高慢さと隠しきれぬ欺瞞《ぎまん》とが見て取れた。

そして、鉄格子の向こうに、もうひとりの人間が現れる。ルカだった。

ルカは当たり前のことのように大司教の肩にしなだれかかった。大司教の手が、ルカの腰をなぞり上げる。それだけでルカの身体がぷるっと震え、大司教の顔に淫蕩《いんとう》な笑みが滲んだ。

――どういう、ことだ？

大司教に子供のころから弄ばれ、どのような酷いことをされたかをつらそうに打ち明けたのも、罠を張るための演技だったというのか……。

頭蓋骨のなかをぐちゃぐちゃに掻き回されているかのような痛みと吐き気が起こる。

ゼインは不自由な身でもがいて上体を起こし、鉄格子へとにじり寄った。

ルカが大司教に囁く。

「この男は私を捕えるために船に乗っていた者たちを惨殺したのです。……そして私を凌辱《りょうじょく》しつくしたのです」

目の前が真っ赤に染まるほどの憤りと哀しみをゼインは覚えた。

ハネス大司教が怒りに声を震わせる。

「なんと恥知らずで残虐な男であろう！　十一年前のあの時に、死罪にしておくべきであった！」

ゼインは口を横に引き結んだまま、ひと言も発しなかった。ただただ、ルカの黒い眸を見詰める。しかしルカのほうはゼインへと視線を向けているものの、その焦点はどこか遠くに結ばれているかのようだった。

「この海賊は死刑に処す。明日にでも処刑したいところであるが、アンリ皇子の生誕の祝いがすべて終わった翌日、四日後の朝とする」

ルカの口許にほのかな笑みが宿った。

「どうか処刑方法は私に選ばせてください。特別に残虐なものにいたします」

「そなたの気がすむようにするがよい。我が美しきしもべよ」

「大司教様の寛大なご配慮に感謝いたしま……」

男の手がルカの顔にかかったかと思うと、ふたりの唇が重なった。ルカがわずかに目を見開き、身を固くする。しかしすぐに目を閉じて、みずから唇を開いた。舌がルカのなかにはいっていくのを、ゼインは呆然と見ていた。

ちゅくちゅくと舌が絡みあう湿った音が牢獄に響く。

ようやく舌が抜けて、ルカが大司教の首筋に顔を伏せる。

「大司教様、寝室に参りましょう」

「そう急《せ》くでない。そうじゃ、ルカ。この男に蹂躙《じゅうりん》された場所を、ここで私に示すがよい」

「それは改めて寝室で……」

「いますぐ示すのだ」

ルカが俯き、みずからの脚衣を膝まで下げた。

「格子のほうを向いて、こちらに蕾を」

命じられるままにルカは大司教に背を向けて、鉄格子越しにゼインと向き合うと、上体を前傾させて臀部を後ろに突き出した。

みずからの両手で双丘を分けて孔を露出させているらしい。大司教がルカの上着の裾を捲り上げ、そこの様子を観察する。

「このように淫らに腫れるほど穢されつくしたとは！」

髪でなかば隠れているためルカの表情は見えない。

「……申し訳、ございません」

「私がとっくりと清めてやらねばなるまい」

そう言いながら、大司教が掌でルカの尻を力いっぱい打擲《ちょうちゃく》した。パンッ…パンッ…と幾度も叩き上げられて、ルカの身体は跳ね、流れ落ちる黒髪が波打つ。

「そなたを叩く私の手こそ、痛いのだぞ」

「はい……、はい、大司教、様。感謝、いたしますっ」

まるで犯すように数十回も叩いてから、ハネス大司教が息を弾ませながら命じた。

「耐えた褒美を与えよう。シャツの前を開きなさい」

ルカがぎこちない動きでシャツのボタンを外していく。

大司教がルカの背後に立ったかと思うと、両手でシャツを摑み、開いた。白い胸から下腹部までが、ゼインの目に触れる。その肌にはゼインがつけた吸い跡が無数に散っていた。それをつけたときのことが――ルカが身をくねらせて嬉しそうに抱きついてきたときの昂ぶりが、なまなましく甦ってくる。

「……め、ろ」

ゼインは鉄格子に身を打ちつけながら吠えた。

「ルカは俺のものだ！　触るなっ」

大司教が不快そうにルカに問う。

「このように言うておるが、そなたはこの男のものなのか？」

「違います、大司教様。私はこの世でただひとり、ハネス大司教様のものです。これまでも、この先も」

「うむ」

ルカが鉄格子を両手で摑みながら、細い声で嘆願する。

「寝室にていくらでも証しをお立てします。ですから、もう」

「どうしたのだ？　そなたは人前でいたぶられるのが、ことのほか好きであろう。少年のころより、修道士たちの前で私に可愛がられていたではないか」

「……ですが」

ハネス大司教が苛立ったように布張りの靴で床をトントンと打った。そしてルカの耳元に口を寄せて、なにかを呟いた。

とたんにルカの身体から力が抜ける。

「無駄に真名を使わせるでない。さあ、そなたがどのように扱われるのが好きなのか、この犯すことしか知らぬ無粋《ぶすい》な男に見せてやるがよい」

「……はい。大司教様」

真名でもって命じられたルカが従順に答える。

大司教の手がルカの顔にかかった髪を掻き上げる。ルカの虚ろな表情が露わになる。その薄い唇へと司教の指が寄せられると、舌が現れて指を舐めだした。一本一本丁寧に舐め終えると、両手の人差し指と中指を一度に口に突き入れられる。

「うぅ」

指をつけ根まで沈められて、ルカがえずく。ずるりと抜かれた指は唾液でしとどに濡れそぼっていた。

その指が、まるで正面から見ているかのように迷いなく両の乳首へと置かれた。すでに尖っている粒の先を、濡れた指先が軽くさすると、それだけでルカの腰がビクンビクンと跳ねる。ゼインの目の前で、ペニスが萎えたまま弾んだ。

「初めはここではまったく感じなかったものだが、ペンチで挟んで引っ張ってやるうちに、泣きながら感じるようになった」

大司教が粒を指先で摘まみ、胸の皮膚が引き攣れるほどそこを抓《つね》り上げると、ルカの陰茎が震えて先走りをとろりと垂らした。

「この身体はすべてが私の気に入るように仕上がっておるのだ。はしたない男の反応は示さずに、ただ啼《な》き、ただ濡れる」

ルカの胸の前で大司教が親指と中指で輪を作る。その輪が力を溜めてから勢いよくほどけた。中指の背が乳首をしたたかに打つ。

「ひぅ！」

鉄格子を摑むルカの指先は真っ白になって、震える。

立てつづけに乳首を指で強く弾かれて、ルカが下腹部を前に突き出した。鉄格子のあいだで、力なく頭を下げた陰茎が根本から激しく揺れる。その先端からは透明な蜜が糸を縒りながら垂れている。振りまわされた粘糸が切れては、また長々と糸を引く。

「そなたが真に果てる姿をこの間男に見せつけてやるがよい」

ルカが口をパクパクさせた。何度も同じ動きを繰り返す。

――みない、で？

そうだと気付いたときには、もう遅かった。

乳首を割り裂くように爪で抉《えぐ》られたルカが悲鳴をあげる。

それと同時に、陰茎からシャーッと液体が溢れた。それがゼインの膝を濡らしていく。

「大量の聖水を漏らしおったな」

胸だけでルカを完全に果てさせた大司教が、喜悦に声を震わせる。

「次の聖水は、私がすべて飲んでやろう」

ルカはゼインから顔をきつくそむけたまま、服の乱れを直すと、ハネス大司教に腰を抱かれて地下牢を去っていった。

ゼインの噛み締めた唇から血が伝い落ちていく。

身体がガタガタと震える。

ルカから処刑を望まれていることに、ハネス大司教がどのようにルカを踏み躙ってきたかを明確に知ったことに、自分以外の男によって絶頂を迎えるルカを目の当たりにしたことに——そして、ハネス大司教がルカに真名を囁いたときの唇の動きが「アヴァル」ではなかったことに、はらわたが捻じれるような激痛を覚えていた。

「どうして、お前は……」

ゼインは血まみれになった唇で呟く。

「どうしてここまで、俺を苦しめつくすんだ」


明日には処刑される。

処刑の日までとりあえず生かしておくためだけに、朝夕の二回、薄いスープがそそがれた皿が床に置かれる。ゼインは獣そのままに身を伏せて、それを舐める。

十四歳で国外追放になってから、腐ったゴミを食べて生き延びるような生活を長く続けた。明日の命はないものとして生きてきた。

だからこのような扱いも、明日の処刑も、ゼインの根幹を揺るがすほどのことではなかった。

それでもいま精神が崩壊しそうな苦しさを覚えているのは、偏《ひとえ》にルカのためだった。

あまりにもルカが突きつけてきた現実がつらいせいだろう。瞼を閉じると、銀色の小さな星が作る路が現れる。左手には、華奢《きゃしゃ》な手指が絡まっている。ルカのものだ。そうして少年の自分と少年のルカは歩きだす。

——どこまでもどこまでも、このまま歩いていきたい……。

閉じた睫毛の狭間に涙が滲む。

このまま瞼のなかの世界に逃げてしまえたら、どれだけ幸せだろう。

今日を生きるために人を踏み躙り、海の冥王などともて囃《はや》されてきた男の望みがそんなことだと、どこの誰が思うだろうか？

自嘲に唇を歪めかけたときだった。

足音が近づいてくるのが聞こえた。

——もう、目を開けたくない。

いまも瞼のなかの自分は、横を歩くルカの顔を盗み見ている。

足音がすぐ近くで止まっても、南京錠を開けているらしき音がしても、ゼインは頑なに目を閉じていた。

靴が石を踏む音がさらに近づく。それは仰向けになっているゼインの頭のすぐうえで止まった。

処刑を待たずに殺されるのだろうか。抗う気も起こらず、瞼のなかの世界に意識のあらかたを留めていると、唇になにかが触れた。

肉薄なのに意外なほどやわらかい、馴染んだ唇だった。

ゼインは思わず目を開く。

ルカがさかしまに自分を見下ろしている。

これもまた夢想の一種なのだろうか。そう考えていると、ルカが小声で告げてきた。

「ゼイン、あなたに会ってほしい人がいるのです」

「……それも罠か？」

嫌みでもなく、ただ率直に問うと、ルカが微苦笑を滲ませた。

「そう思われても仕方がありません。たとえ罠だったとしても、これ以上に悪いことなど起こらないでしょう？」

ゼインは喉を短く鳴らした。

それは間違いない。

もがいて上体を起こしながら、ぞんざいに尋ねる。

「そいつをここに連れてくるのか？」

「いいえ。あなたに会いに行ってもらいます」

そう答えると、ルカが小さな鍵を取り出して、ゼインの足枷を外した。

「大司教の名を使って、看守にはしばらく見回りにこないように言ってあります」

「これは大司教絡みじゃねぇのか？」

「私はいまでも虫唾《むしず》が走るほど、あの男を憎んでいますので」

ルカのその言葉の真偽のほどは、わからない。

ゼインが立ち上がると、ルカは鉄格子ではなく牢屋の奥の壁へと向かい、積まれた岩壁を押した。すると壁の一部が奥へと引っこみ、横に滑った。

「どうぞ」

ルカに促されて、ゼインはそこへと身をかがめてはいった。その先には暗くて細い通路があった。ルカもまた通路にはいり、隠し扉を閉める。

ルカがカンテラを手に、歩きだす。ゼインは後ろをついていきながら首をひねった。

「牢屋に隠し扉って、どうなってんだ？」

「あの牢にはかつて重罪を犯した皇子が閉じこめられていたそうです。息子を不憫《ふびん》に思った皇后が隠し通路を作らせたのではないかと――この通路を見つけた者はそのように言っていました」

「この通路があるから、俺をあの牢に入れたのか？」

「そうです。特別に罪の重い囚人のみが、あの牢に入れられるのです。ですから、あなたにはそのような境遇になってもらう必要がありました」

「わざわざ俺と再会して嵌めたのも、このためだったってことか？」

「あなたにどうしても会ってもらわなくてはならない人物がいたので、やむなく」

「なら、そいつを俺のところに連れてくれればよかっただけだろうが」

「できるものなら、そうしていました」

細い通路は一本道ではあるものの、曲がり角が多く、自分がどの方向にどのぐらい歩いたのかわからなくなるほどだった。通路の突き当たりには壁があり、ルカがその壁を押すと、小部屋が現れた。

そこにはテーブルと椅子があり、衣類や水を張った器やグラスなどが置かれていた。

ルカはカンテラを壁にかけると、ゼインの後ろに回って、手首を縛《いまし》めている枷を外した。

「おいおい。お前を殴り殺して逃走したらどうするんだ?」

苦い声で問うと、ルカが微笑した。

「あなたが望むなら、そうすればいいでしょう。けれどもそうしたら永遠に、私がなぜあなたを苦しめつづけたかの理由を知ることはできなくなりますよ?」

ゼインはきつく目を眇めた。

「その理由が、これからわかるってのか?」

「ええ。あの方にお会いすれば」

どんな脅しの言葉よりも、いまのゼインには効果のある餌だった。

舌打ちするゼインに、ルカはテーブルを指差した。

「顔を洗って、あの服に着替えてください」

「このままでいい」

「そういうわけにはいきません」

ルカが俯いて、小声で続ける。

「私が、あなたの服を濡らして汚してしまいましたから」

ルカのこめかみや耳が紅くなっていく。

大司教に苛まれる姿をゼインに晒すことは、ルカにとって耐えがたいことだったのだろう。

ゼインは溜め息をつくと、器の水で乱暴に顔を洗い、グラスのハッカ水で口を漱《すす》いだ。そうして、シャツとベストと脚衣をまとい、ブーツを履く。刺繡のほどこされた上着は性に合わないので省いた。

「これでいいだろう」

するとルカが衿元の飾り布を整えてくれた。

間近で伏せられているルカの目をゼインはじっと見詰める。長い睫毛がかかる黒い眸を、どうしても美しいと思ってしまう。かがんで下から覗きこみ、戸惑うルカをからかいたくなる。

子供のころの、ように。

「では、行きましょう」

ルカが壁にかけてあったカンテラを手に取ると、隠し部屋の奥にあるドアを開けた。

狭い石造りの螺旋階段《らせんかいだん》を上りだす。

「足許に気をつけてください」

暗い空間をぐるぐると上っていくと頭の芯が回っているような錯覚が起こりはじめる。何階ぶんもの高さを上ってから、ようやくルカが立ち止まり、目の前の木の扉をそっと開けた。外の様子を確かめてから、振り返ってゼインに言う。

「くれぐれも失礼のないようにしてください」

いったい誰に会わせようというのか。

訝しみながら、ゼインはルカに続いて外に出た。

そこは大きな八角形の部屋だった。灯りは点いておらず、連なるアーチ窓のステンドグラスに染められた月光が、ほのかな色を暗い空間に落としている。

ルカが木の扉を――こちらから見ると壁の一部に偽装されていた――閉じると、カンテラを床に置いた。

「さあ、奥へ」

幾つもの色を踏みながら進むルカのあとをゼインは歩いていく。

向かう先には、高い背凭れのある椅子が一脚置かれていた。目を凝らすと、そこに人が座っているのがわかった。そしてその左横に佇む人影がひとつ。近づくにつれて、その人影が修道騎士の白い軍衣をまとっているのがわかった。

ゼインがとっさに身構えると、その気配を察したルカが振り返る。

「あの方によほど無礼なことでもしない限り、あの騎士は剣を抜きません」

あの方、というのは、椅子に腰掛けている者のことなのだろう。

それでもゼインは警戒を緩めずに進んでいった。椅子から十歩ほどのところで、ルカが突然立ち止まり、床に片膝をついた。

「お待たせいたしました」

そう言いながら頭を下げ、ゼインにも膝をつくように促してきた。

しかしゼインはしたがわず、ずんずんと椅子へと歩いていった。

「ゼイン、待…」

ルカの制止の言葉と、ゼインの首元に剣の刃先が突きつけられたのと、どちらが早かったか。

ゼインは修道騎士の若草色の眸を睨みつけた。

「どうせ明日には処刑される身だからな。ここで斬り殺されても大差ない」

続けて、椅子に座っている人物に目を転じる。この距離でも、その人物は黒い影のようにしか見えない。

「俺になんの用だ?」

ルカが駆け寄ってきて、ゼインの腕を強い力で摑んだ。

「ゼイン、不敬です！　このお方は」

「かまわぬ。ルカ・ホルム」

落ち着いたやわらかい声が響いたかと思うと、椅子から黒い影が立ち上がった。黒い影のように見えたのが、頭からすっぽり被った黒いベールのせいだったのだとゼインは知る。

そのベールが床に流れ落ちた。

「私はノーヴ帝国第三皇子、アンリである」

ゼインは知らず、瞠目していた。

アンリ皇子が目の前に現れたこと自体も驚きであったが、それを上回る驚愕に支配されていたのだ。

金色の眸に金色の髪。それが歴代のノーヴ帝国の王族に引き継がれてきたもののはずだ。

しかしいま目の前にいるアンリ皇子のそれは違っていた。

優しげな眸は琥珀色《こはくいろ》で、緩やかな癖のある髪は黒い。額や顔の輪郭に落ちかかる髪が、その少年の繊細さが残る顔立ちに華と陰とを与えていた。

「——皇子が取り替え子だったとはな。道理で人前に出てこられねぇわけだ」

ゼインが呟くと、修道騎士オルトが再度、ゼインの首に剣を突きつけた。

「そのような物言いが、許されると思うな！」

そのオルトの手を、アンリ皇子がそっと摑み、下ろさせた。

「よいのだ、オルト。それが真実なのだから」

若草色の眸に銀の髪の騎士が、口惜しそうに口角を引き結び、剣を鞘に収めた。

オルトはアンリ皇子より十歳ほど年上のようだが、オルトの父親の代からアンリ皇子の護衛を担っているという話を、ゼインは耳にしていた。その父親が数年前に急死して、いまはオルトひとりがいっときも離れずにアンリ皇子を守っていると。

ゼインは改めてアンリ皇子を頭のてっぺんから足の爪先まで不躾に眺めた。

身長はオルトよりもいくらか低いものの、骨格は綺麗に育っている。手足の長さからして、まだ身長が伸びそうだ。

「いまにも死にそうなひ弱な皇子様かと思ったら、案外しっかりした身体してんじゃねぇか」

オルトが険しい表情で剣の柄を握る。

しかしアンリ皇子は素直に顔をほころばせた。

「この一年で身長がずいぶんと伸びたのだ。子供のころからオルトが剣の相手をして、身体を鍛《きた》えるのに付き合ってくれた」

その表情と言葉とで、ゼインはこの皇子のことがかなり気に入った。

ノーヴ帝国の皇子が取り替え子であるなど、あってはならないことだ。人目に触れぬように、どれだけ不自由な生活を強いられてきたものか。食うに困らない生活だったのは確かだろうが、しかしそれでも国の名誉を守るためにいつ命を奪われてもおかしくない状況下で十七年を過ごしてきたのだ。

ゼインはオルトを見やる。

この男とその父親が懸命に守り、大切に育ててきたからこそ、アンリ皇子は素直な反応をできる人間性を保てたのだろう。

ニッと笑いかけると、オルトが眉をしかめた。どうやらこちらは見た目どおり、融通の利かない、清廉《せいれん》を絵に描いたような性格らしい。先ほどの動きからして剣の腕もかなり立ちそうだ。

ゼインはひとつ頷き、胸の前で腕を組んだ。

そしてアンリ皇子を正面から見据える。

「俺は国外追放になった身だ。要するにこの国の皇帝だろうが皇子だろうが、俺にはなんの価値も意味もない。だが、ひとりの海賊としてお前の話を聞いてやる。話してみろ」

アンリ皇子は深く頷くと、その琥珀色の眸でゼインを見詰め、尋ねた。

「そなたは妖魔を見たことがあるか？」

「昔な。妖精の夜に森にはいったときに見た」

「それ以外では？」

「ねぇなぁ。妖魔が船を襲って人間を惨殺したらしき痕跡は何度か目にしたが、助かった奴がいないから真相はわからない」

そう言ってから、ゼインはルカのほうを振り返った。

「そういえば妖魔が襲ったらしき船で、お前だけ生きてたな」

「私は船長室にいましたが、靄が扉の隙間から流れこんできて、意識を失ったのです。気がついたときには遺体が床に転がっていました」

アンリ皇子が椅子に座りながら暗い声で言う。

「それはやはり妖魔の仕業《しわざ》であろう。妖魔は取り換え子を襲わない」

「そういうものなのか？」

問いかけると、ルカが頷いた。

「妖精王に会ったときに、そのように教えられました」

「なんで襲わねぇんだ？」

その質問には、アンリ皇子が答えた。

「仲間となる者だからだ」

「仲間って、……まさか妖魔のか？」

「そうだ。取り替え子は特別な力のある妖魔となる。だから妖魔たちは取り替え子を探し出し、その周りの者を殺して奪おうとする」

愕然《がくぜん》とするゼインの横にルカが立つ。

「修道院に取り替え子を集めて外に出るのを禁じているのは、修道院に妖魔除けの結界が張ってあるからなのです。厳しい修道によっておのれの取り替え子としての気配を妖魔に覚《さと》られないようにすることはできますが」

「お前はそれを習得したってわけだ」

「そういうことです。ですから、商船を襲われるとは思っていませんでした。なにか特殊な要因があったのでしょう」

「特殊な要因か……」

苦い顔でゼインは呟き、話を戻した。

「要するに、ハネスは取り替え子たちを守ってたわけなのか」

その言葉に、アンリ皇子が椅子の肘掛けを拳で叩いた。

激昂をなんとか抑えこんでいる声で語る。

「叔父上は、決して取り替え子のためを思って保護しているわけではない。むしろその逆なのだ……っ」

オルトが皇子の肩にそっと手を置くと、皇子がひとつ深呼吸をした。そして声を落ち着かせて続ける。

「叔父上の目的は、保護した取り替え子たちを、自身に服従する力ある妖魔に変容させて使役することなのだ」

「――」

「信じられぬか？」

アンリ皇子に、ゼインは口角を歪めてみせた。

「いや、あのクズ野郎ならいかにもやりそうなことだと思ってな」

しばし沈黙したのち、アンリ皇子が小さく笑いを漏らした。

「あの叔父上のことを、そのように罵れる者がいたとは」

「事実だろ？」

アンリ皇子が大きく頷き、しかしすぐに表情を引き締めた。

「実は、叔父上は隣国と手を組んでいるのだ」

「あのクシュナとか」

「そもそもはクシュナの王族が、叔父上に妖魔の作り方を伝授したらしい」

「クシュナには取り替え子はいないはずだが？」

クシュナ出身のロムからはそのように聞いていた。

「確かに、隣国では人間が妖精に取り替えられることはない。クシュナには妖精の輪がないことが理由らしい。しかしかつて我が国では、黒髪の子供が生まれると国境地帯の山岳に赤子を置いていく風習があった。妖精に返すという名目で取り替え子を捨てていたのだ。それをクシュナの北部に住む民が回収し、ひそかに奴隷として育てていたようだ」

アンリ皇子が眉根をくっと寄せる。

「そのクシュナの北部地方に遥か南国の魔術師が訪れ、取り替え子たちを魔術の実験のために買い受けたのだそうだ。そうして、妖精がある条件下で妖魔になることを応用して、取り替え子を手駒として操れる強力な妖魔に変える術を編み出したのだ」

「その術をハネス大司教も使えるってわけか……」

材料となる取り替え子ならば、慈善をよそおって国中から掻き集められる。

そして改めて思い返せば、修道院で黒髪の子供を見ることはあっても、黒髪の大人を見ることはなかった。

――妖魔にされて使役されてるってことか。

自分が取っ組み合いをした修道院の取り替え子たちも、すでに妖魔にされてしまったのかもしれない。

ゼインは硬く拳を握って尋ねた。

「クシュナの王族が関わってると言ったな。クシュナ王も関わってるのか？」

「確証はないが、王は把握していないのではないかと思う。そのことについては、ルカのほうが詳しい」

アンリ皇子の言葉に、ルカが頷く。

「私からお話ししましょう」

そう口を開いたものの、ルカはゼインのほうを向こうとはせず、横に並んで前方の床へと視線を伏せたまま話しはじめた。

「私は十四歳のころから、王都の修道院で暮らしながらハネス大司教の身のまわりの世話をしていました。修道により十五歳で妖魔から身を隠せるようになってからは、大司教の外出にも同行しました。ハネス大司教は私を完全な服従者とみなし、片時も離そうとはしませんでした」

ゼインは心臓に焼けるような痛みを覚えて奥歯を噛み締めた。

ルカはおそらく毎日のように屈辱を与えられつづけていたのだ。

「ある時、ノーヴ帝国の南方に大司教が赴くことになり、その際にも同行しました。大司教はその地で、クシュナ王国の第二王子と密会したのです」

「あの切れ者で名高いシベリウスか」

「はい。シベリウス王子は切れ者であり、野心家です。シベリウス王子はみずからが王となり、妖魔の力で国を繁栄《はんえい》させることを望んでいるようでした」

「なるほどな。妖魔の力でノーヴ帝国に君臨したいハネス大司教と意気投合したってわけだ」

ルカが横顔で頷く。

アンリ皇子が椅子から立ち上がると、ゼインの前に立った。

その華と陰のある顔には、強い意志が浮かんでいた。

「叔父上もシベリウス王子も、妖魔を容易に操れると思っているが、それは誤りだ。このままでは、陸も海も妖魔に支配されてしまう」

「陸と海だけではありません」

ルカがようやく視線を上げて、ゼインを見上げた。

「この世界が妖魔に支配されれば、妖精界の妖精たちもまた妖魔へと堕ちます。妖精王はそのことを十一年前に、私に告げたのです」

ゼインはじっとルカを見詰めた。

「それが、俺を罠に嵌めたことと関係してるのか？」

黒い眸が哀しげに揺れた。

「世界の命運を変えるための海流となる勢力が必要だと――それを束ねる者があなたであると教えられたのです。けれどもそのためには、あなたの運命を捻じ曲げなければならないと……」

「海流となる勢力、か」

それはおそらく、海賊のことなのだろう。

海賊たちを束ねる者となるために、自分は国を追われ、艱難辛苦《かんなんしんく》を乗り越えねばならなかったということか。

ルカが自分を陥れた本当の理由がわかって、喉にずっと詰まっていた大きな苦い塊が溶けだすのをゼインは感じる。

……それにルカ自身も、世界の命運を変えるという重荷を背負わされ、ずっと犠牲を払ってきたのだ。恥辱にまみれながらもハネス大司教の信頼を勝ち取り、情報を集め、そして海に出て、ゼインのもとへと辿り着いた。

改めてその足跡を理解すると、ルカという男の芯の強さに胸を打たれた。

「海の冥王ゼイン殿」

アンリ皇子が両手でゼインの手をきつく握った。

「どうか力を貸してほしい」

「――――」

自分ひとりの人生ならば、差し出す覚悟はある。

だが、仲間たちまで巻きこむのではあれば、話は別だ。

人間相手ならまだしも妖魔を敵に回す戦いを強いることになるのだ。ルカの商船で見た、妖魔によって惨殺されたらしき遺体。それに仲間のひとりひとりの姿が重なる。

ゼインが押し黙っていると、修道騎士オルトが硬い声で迫った。

「力を貸さぬというならば、明日の処刑で散ってもらうまで」

「ああ。そういうことになるな」

そう返すと、ゼインは皇子の手から静かに手を引き抜いた。そして重い口調で三人に告げた。

「俺の命なんて軽いもんだ。どうとでもすればいい。だがな、仲間たちの命はそうはいかねぇ。ひとつひとつ、そいつらのもんだ。あいつらは俺の兵隊じゃない」

アンリ皇子が懸命な眼差しで訴える。

「だが、ゼイン殿。そなたの仲間たちも、このままでは確実に妖魔に滅ぼされることになるのだぞ?」

「俺たち海賊には『生きてる今日』しかねぇ。世界の命運なんていう見えないデカいもんよりも、仲間の弔い合戦のほうがよっぽど戦う意味があるってもんだ」

「ゼイン…」

ルカが説得を試みようとしたようだったがふと押し黙り、苦しそうに息をついた。

そしてアンリ皇子とオルトに告げた。

「ゼインにはゼインの信念があります。私たちの信念もまた、彼に伝えました。彼がなにを選ぶかを強要することはできません」

オルトが険しい表情で返す。

「――だが、彼にはいざとなったらアンリ皇子をこの城から救い出してもらわねばならぬのだ。アンリ皇子を決して妖魔にしてはならないと、そう妖精王から申しつけられていると言ったのはルカ殿だろう」

「そのとおりです。それでも……私は――世界の命運よりも、ゼインの意思を尊重します」

「ここまできて裏切るというのかっ」

ルカが微笑する。

「そう。裏切りなのかもしれませんね」

ゼインを黒い眸で見詰めながら。

「もしゼインが明日、処刑されることを選んだら、その時は裏切り者の私のことも、ともに処刑してくれてけっこうです」

絶句している主従に深々と頭を下げると、ルカはゼインの腕を摑んで踵を返した。壁の隠し扉から螺旋階段を下りて、小部屋へと出る。

「ルカ…」

ゼインはしわがれた声を喉から押し出した。

「お前まで処刑される必要はない」

ルカが目を細める。

「私はまた、あなたを罠にかけようとしているのかもしれませんよ？　私の言葉など気にせず、自分がどうしたいかだけを考えてください」

「――――」

本当に、ルカの本心がわからない。

真名をもちいて本心を暴《あば》きたくなる。……だが、おそらくゼインが教えられたのは偽りの真名なのだろう。ハネス大司教がルカの耳元で真名を囁いたときの口の動きは「アヴァル」ではなかったのだから。

ゼインは苦い溜め息をつくと、床に脱ぎ捨てた服を指差した。

「あれに着替えてから牢に戻ったほうがいいか？」

「いえ。私が着替えさせたことにしておきますから、そのままで」

「そうか。じゃあ、戻るか」

牢に戻れば、後は処刑の朝を迎えるばかりだ。

ゼインは地下牢へと続く隠し戸になっている壁のほうへと歩きながら軽い口調で言った。

「処刑にはお前は立ち会わなくていいからな」

ふいに、壁に映るカンテラの光が大きく揺れた。そのまま、揺れつづける。まるで波に揺られる船のなかにいるかのようだ。

ゼインはゆっくりと振り返る。

ルカは深く俯いていた。そのカンテラをもつ手は震えている。

子供のころのままの気持ちが動いて、ゼインはルカの前に行くと、腰をかがめた。下から顔を覗きこむと、目が合う。涙を溜めた黒い眸が惑乱に大きく揺らめく。

——ああ……。

ゼインは自分の気持ちを噛み締める。

その気持ちに、どうしようなく衝《つ》き動かされる。

ルカの唇に、ゼインは下から唇を重ねた。重なった唇がわななくのを感じる。震えを吸い取るようにすると、ルカが唇を開いた。舌が絡みあう。壁に映る光がさらに大きく乱れた。ゼインはカンテラをルカの手から取ると、椅子のうえに置いた。

そうしていっそう深く唇を咬《か》みあわせる。

ルカの足腰が震えて後ずさり、テーブルにぶつかった。ゼインは両手でルカの臀部を下からかかえあげて天板に座らせた。慌てて後ろ手をついたルカに覆い被さると、テーブルのうえに載っていた盥とグラスが床へと落ちた。

「ん――ん…」

舌をくねらせて応えながら、ルカが甘く喉を鳴らす。

ルカに求められているのがわかって、ゼインは身体中が沸騰《ふっとう》するほどの興奮を覚えた。脚衣を引きずり下ろすとき、ルカはみずから腰を浮かせてくれた。

膝まで脚衣を下ろされたルカがゼインの胸を押して、唇を離した。

「ルカ…」

「もうあまり時間がありません。牢の見張りが戻ってきてしまいます」

いまさら拒絶するつもりかとゼインが息を荒らげると、しかしルカはゼインの下でもがいて、テーブルに俯せになった。そして上着の裾を捲り上げて、双丘を剥き出しにした。

「早く……ください」

その言葉の直後には、ゼインは滾るペニスをルカに突き立てていた。

「ひぅ、ぅ――あ、ぁ、ぁあ」

押しこむたびに、ルカの肺から押し出された空気が音となって口から溢れる。

おのれの一部がルカの粘膜に包まれ、激しい蠕動《ぜんどう》でさらに奥へと招かれていく。

「う、ぐ…ルカ――ルカ」

これが最後なのだ。

切羽詰まった感情と欲望とに、ゼインはルカの上体を背後から抱き締めると、あられもなく腰を遣いはじめた。

技巧も余裕もない。まるで初めての性交をする少年のように、がむしゃらに身体を打ちつけていく。

「ゼイン……もっと…もっと」

すすり泣く声でルカがねだる。

それに応えると、ルカの背がくうっと反り返った。ゼインに犯されている内壁が、これ以上ないほど引き絞られる。

動きを阻まれて、ゼインはもがいた。まるで、もがけばもがくほど喰いこんでくる罠のように、ルカの内壁に搦め捕られ、押し潰される。ふたりでひとつの塊になったかのようだ。

「や…なに、か――」

ルカがそう呟いたかと思うと、ガクガクと身体を跳ねさせた。

身体を芯から揺さぶられる衝撃に、ゼインもまた全身を荒波のように身悶えさせる。種液が陰茎を突き抜けて、ルカのなかへと止め処《ど》なく流れ出ていく。

「お、あ…おおっ」

雄叫びめいた声が口を衝《つ》く。

果てても、繋がった場所は名残を惜しんで幾度も互いを捏ねあう。

「う…ぅぅ…」

そしていま、ルカの悲痛な嗚咽がゼインの身体中へと響いていた。

ルカを抱き締め、その黒髪に口づけて、ゼインは真っ赤になっている耳に強い声で告げた。

「俺がどうなろうと、お前は死ぬな――アヴァル」

たとえそれが真名でなかったとしても、命じずにはいられなかった。

9

離れたくないと懸命に内壁を閉じたのに、ゼインはそこから身を引き抜くと、みずから先導して地下牢へと戻っていった。ゼインに促されて、彼の手足に枷を嵌めながら、ルカは涙をこらえるので精一杯だった。そしてそのまま、別れの言葉を発することもできずに地下牢を去ったのだった。

ルカは王城の敷地内にある修道院の自室にいったん戻ると黒いマントを羽織ってフードを深く被り、城下町へと出た。

夜の道を歩きながら歯を食いしばって嗚咽を殺す。

『俺がどうなろうと、お前は死ぬな——アヴァル』

ゼインが真名をもって命じたのは、たった二回きりだった。

本当に真名を教えたのか試したときと、今日だけだ。

——どうして、ゼインを助けろと命じなかった……。

もし海の勢力をしたがえて力を貸すとアンリ皇子に誓っていたら、ゼインは今夜のうちにひそかに城外に逃がしてもらえる手筈《てはず》になっていたのだ。

けれどもゼインはそれを拒んだ。

ゼインならば、アンリ皇子を人質にして脱出させろとオルトとルカを脅すこともできたはずだ。

むしろ、ルカはそうすることを期待していた。しかし彼はそうしなかった。

おそらくゼインは理解しているのだ。

自身が世界の命運の重要な歯車であり、生きている限りはその運命から逃れられないことを。生きて仲間のもとに戻れば、仲間もまたゼインの運命の歯車に巻きこまれてしまうことを。

ルカは城下町の海沿いにある鍛冶屋《かじや》の裏戸を三度叩いた。

しばらくすると戸口が細く開けられる。恰幅《かっぷく》のいい鍛冶屋の主人に、ルカはフードをわずかに上げて顔を見せた。

「ああ、あんたか。はいんな」

ルカがさっと家にはいると、ドアが閉められてすぐに鍵がかけられた。

このモスの家を訪ねるのは二度目だった。一度目は四日前の晩だった。ゼインが地下牢に入れられた晩、ハネス大司教に薬を盛って眠らせてから訪れたのだ。

モスは深夜に知らない者が――しかも取り替え子が訪ねてきたことに顔をしかめてとっさに裏戸を閉めようとしたが、ルカが名乗るといまのように家に入れてくれた。顔を合わせるのは初めてだったものの、モスとは伝書鳥を介してすでに知った仲だった。

ルカはカーリー号にいたとき、モスの伝書鳥をゼインから預かったことがあった。その鳥を返す際に手紙を託したのだ。その手紙でモスに、ゼインを助けるためとして、修道騎士オルトに同封の手紙を渡してくれるようにと頼んだ。

オルトとは以前から大砲工場を潰す打ち合わせをしていた。ハネス大司教にゼイン率いる海賊団を潰させないためだった。そしてまた、ゼインをアンリ皇子に引き合わせことも以前から計画していた。本来は、ルカが自身の伝書鳥を飛ばす予定だったのだが、伝書鳥は商船が襲われたときに妖魔に殺されてしまっていた。

モスの警戒を解くために、オルト宛ての手紙も読めるようにしておいた。文章自体は、ゼインの討伐計画の撤回を乞う嘆願書だった。だが、そこにはルカとオルトにしかわからない暗号が隠されており、大砲工場爆破とゼイン捕獲の手筈とが記してあった。

元カーリー号の船員であるモスは、城内で仕事をしている「陸の使徒」を通じてオルトに「嘆願書」を届けてくれた。そしてオルトからの「善処する」とだけ書かれた手紙が、モスの伝書鳥を介してカーリー号のルカへと届けられたのだった。

そのようにしてルカは、大砲工場爆破に乗じて海賊たちに軍港を襲わせて圧勝に導いたうえで、捕獲したゼインを城外に出ることのできないアンリ皇子に引き合わせることに成功したのだった。

しかし、真の意味では計画は成功しなかった。

ゼインが海賊たちを自身の運命に巻きこむことを拒否したからだ。このままでは明朝にはゼインは死刑に処されてしまう。

焦燥感に駆られながら、ルカはモスに尋ねた。

「伝書鳥は戻ってきましたか？」

「いや、まだだ」

モスが険しい顔つきで答える。

四日前、ルカはモスに一通の手紙を託した。内容はゼインが四日後に処刑されるというもので、モスはそれに目を通したとたん、ルカの胸倉を摑んで声を荒らげた。

『なんでうちの船長が囚われてんだっ……あんたは船長を助けるために動いてたんじゃなかったのか⁉』

ルカは自分の力が及ばなかったことを謝罪し、ゼインを救出するためには冥王の使徒たちの力が必要なのだと訴えた。

あの時点では、ゼインはまだアンリ皇子と会っていなかったため、事態がどう転ぶかは定まっていなかった。

ゼインがアンリ皇子に協力するなら、隠密裏にゼインを逃がすことができる。

しかしゼインが協力を拒めば、処刑場に引き立てられることとなる。そこからどうやってゼインを救い出せるのか……。

ゼインが拒んだときの保険として、海の冥王の使徒たちの力を借りなければならなくなるかもしれない。そう考えて、ルカは憤るモスを宥めて、四日後の朝にゼインが処刑されるという手紙を、伝書鳥に携えさせたのだった。

……だが、その返事はいまだ来ていないという。

ルカは冷たい汗が背中を伝うのを感じる。

モスもまたいかめしい顔に焦燥感を滲ませていた。

「普段なら定期的にカーリー号から送られてくる伝書鳥が、現在地や針路を伝えてくれる。だが今回はそれもなしに飛ばさなければならなかったからな」

伝書鳥が船に辿り着けずにいる可能性があるということか。

ルカがふらつくと、モスが慌てて椅子を背後に置いてくれた。それに座りこむ。

「ゼインをなんとしてでも助けないと……」

「海の使徒が辿り着けなくても、俺たち陸の使徒は明日揃って処刑場に行く。かならず船長を助け出す」

その言葉に胸を打たれながらも、ルカは首を横に振った。

「陸の使徒の数はそれほど多くないと聞いています。それにもしゼインを処刑場から助け出せたところで、逃がすすべがなければ同じこと」

モスが唸り、椅子にドスンと座ると、テーブルのうえの酒瓶にじかに口をつけて呷った。いまやモスの顔は、鍛冶屋の主人のそれではなく、完全に海賊のそれとなっていた。

「海の仲間が来るのをギリギリまで待つ。だが、いざってぇときは誰も俺たちを止められねぇ」

海の使徒たちも現状を知れば、かならずやモスと同じ気持ちで動くに違いない。

——ゼインに惹きつけられ、巻きこまれずにはいられない。

それは海賊たちだけではない。

——私も、また……。

ゼインの運命を捻じ曲げたのは確かに自分だ。

けれどもそれはゼインに強く惹きつけられていたからだ。

自分が運命を捻じ曲げなければ、ゼインは家庭をもち、まっとうな人生を歩んだだろう。その人生には、ルカの居場所はない。

——私は……私の居場所を、ゼインの人生のなかに作りたかった。

彼が起こすであろう大きな運命の渦に巻きこまれることを、自分は願ったのだ。

たとえそれがゼインを不幸にすることだったとしても。

ゼインと運命的に結ばれていたかった。

だからこそ許しがたい気持ちがこみ上げてくる。

『俺がどうなろうと、お前は死ぬな——アヴァル』

ともに死のうと、ゼインが言ってくれなかったことに。

「決してゼインをひとりでは死なせません」

決意をこめて呟くルカの肩を、モスが力強く叩いた。

「おうおう。俺たちは同じ船に乗ってる仲間だ。一蓮托生《いちれんたくしょう》だ！」

＊

処刑の朝、ゼインには一杯の水だけが与えられた。

——「見捨てられた島」は、どんなところだろうな。

刑場へと引き立てられるために地下牢から出されたゼインは、そんなことを漠然と考えていた。

でもそれは、この現世と大差ないように思われた。

――むしろ、「神の護る島」なんかに送られちまったら退屈で死んじまうな。……まあ、すでに死んでるわけだが。

思わず喉で嗤うと、連行役の兵士たちが、ギョッとした顔でゼインを見た。ゼインがニィッと笑いかけてやると、彼らは慌てて目を逸らした。

彼らにとって「死」は特別な異変なのだろう。

だがそれは、ゼインにとっては日常に散りばめられているものだった。両親を喪い、仲間と死別し、生きるために人の屍を積み上げてきた。

死の順番が今日、自分に訪れる。ただそれだけのことだ。

兵士のひとりが吐き捨てるように言う。

「笑ってられるのもいまのうちだ。八つ裂きの刑でたっぷり時間をかけてバラバラにされるんだからな」

ゼインは碧い目を細める。

「そうか。八つ裂きか」

処刑方法はルカが選ぶことになっていた。

「ぜんぶ受け止めてやろうじゃねぇか」

昨夜、ルカは隠し部屋で、ゼインの最後の欲望を受け止めてくれた。

今度は自分がルカの与えるものを受け止めるのだ。

まるで最高の戦闘に臨むときのような昂ぶりをゼインは覚える。これまでの人生で死んでもおかしくない場面は数えきれないほどあった。そのどれも、今日の死に比べれば無意味で味気ないものであっただろう。

兵士に囲まれたまま裏庭に連れて行かれたゼインは、そこで荷馬車のうえの檻に入れられた。三十人の部隊が五隊整列し、連隊長が彼らに指示を出す。

「海賊どもが奪還を図る可能性がある。いざとなったら囚人を槍で突き殺してよいとのお達しが出ておる！」

たったひとりの死刑囚を刑場へと運ぶためにものものしい隊列が組まれ、王城の北にある忌み門から城下町へと出た。

道々には民衆が溢れ、極悪非道で名高い海の冥王をひと目見ようと押し合いへし合いしていた。

「ノーヴ帝国の面汚《つらよご》しめ！」

「見捨てられた島にとっとと去れ、悪党っ」

「汚らわしい海賊に、無惨な死を！」

罵声とともに、石つぶてを投げつけられた。鉄格子に石が当たる音が無数に響き、その幾つかは格子のあいだからゼインを打った。こめかみや口の端に鋭い痛みが生じ、血が幾筋も顔を伝っていく。

それらにもまったく動じずにただ前方を睨み据えていたゼインだったが。

「父ちゃんを返せっ！」

幼い声がひとつ耳に届き、ゼインはそちらに目だけ向けた。

母親に抱きかかえられた五歳ぐらいの子供が、小さな手に石を握り締めていた。

「父ちゃんを、返せぇ！」

もう一度叫んでから、その子は石をゼインへと投げつけた。

石は檻にすら届かずに落ちたけれども、それは唯一、ゼインの心を抉った。

流行り病で親を亡くしたときの、この世が終わったような哀しみ、心細さ。

それを自分たち海賊は、多くの者に味わわせてきたのだ。

陸から切り離されて今日を生きるだけの身だったときは実感することがなかった事実を、いま突きつけられていた。

――だか俺は後悔はしない。俺のしてきたことを否定しない。

ただ生きるために獣のように生きた日々もまた、間違いなく自分の人生だった。

それにこの十一年のあいだ積み上げてきたものは、ルカによって与えられたものなのだ。

――それならば俺はすべてを引き受けられる。

自分の死も含めて、すべてを。

処刑場となる円形広場で隊列が止まった。

その中央には丸い木製の舞台がある。そこでは普段はさまざまな見世物が披露《ひろう》され、大衆を楽しませる。……いや、処刑もまた大衆を楽しませ、重税に喘ぐ日々の溜飲《りゅういん》を下げる格好の見世物なのだ。

ことに残忍な海賊の処刑など、わずかの良心の痛みも感じずに楽しめる最上の演目に違いなかった。

ゼインは檻から出されると、興奮しきった人びとが取り囲んでいる舞台へと階段を上らされた。

そしていま反対側にある階段から、今日のもうひとりの主役が登壇《とうだん》する。

真紅の髪と眸をもつ長軀の男は舞台に上がると、黒いコートの裾を翻しながらその場でひと回りして観衆へと視線を巡らせた。

「処刑人カッツェだ！」

広場がドッと沸き返る。

カッツェは処刑を最高の見世物へと昇華する死刑執行人だ。その残忍さから、彼自身が妖魔なのではないかとひそかに噂されているほどだった。四十歳をとうに過ぎているはずだが、外見だけならゼインとさほど変わらないようにも見える。

兵士たちに肩を押さえつけられてひざまずかされているゼインの前で、カッツェは優雅に一礼した。

「海の冥王をこの手で冥府に送れるとは、光栄の極み」

唄《うた》うように言うと、カッツェは楽団の指揮者のように右手を宙に振り上げた。

すると兵士によって群衆のなかに作られている道を、四頭の黒い馬が引かれてきた。

カッツェが観衆に高らかに告げる。

「本日は八つ裂きをご覧にいれよう！」

悲鳴とも歓声ともつかない声を人びとがあげた。

円形舞台に四頭の馬が配置されると、ゼインは後ろ手に嵌められていた枷を外され、兵士たちによって仰向けに押さえつけられた。馬に繋がれた縄を、カッツェが手際よくゼインの両手首両足首に結びつけていく。カッツェは細身の男だが、彼の作る縄の結び目は固く、ゼインが手首足首を動かしても緩むことはなく、むしろ皮膚に喰いこんでくるのだった。

下準備が終わると、カッツェが立ち上がり、命じた。

「ピアッフェ！」

騎手たちが鐙《あぶみ》で馬の腹を打つと、馬たちが足踏みを始めた。美しく素早い足さばきだが、前進はしない。その高度に訓練された技に、民衆は感嘆の声を漏らす。

人びとを楽しませ、焦らしたのちに、カッツェがふたたび声を張った。

「パッサージュ！」

命令とともに、馬に乗った者たちが今度は強く鐙を使う。馬たちが足さばきはそのままに前進を始める。たわんでいた縄が張っていく。

両腕と両脚を四方に強く引かれて、ゼインの身体が宙に浮かんだ。

体内の関節が軋む音を、ゼインは聞く。身体中の筋肉が膨らみ、おのれの肉体を守ろうとする。すさまじい負荷に奥歯を噛み締めていると、カッツェが命じた。

「ピアッフェ！」

馬たちが足踏み状態に戻ると、背中が床にわずかにつく。ゼインが詰めていた息を吐いて荒く呼吸をすると、カッツェが「パッサージュ！」と声をあげた。また身体が宙に浮きあがり、四肢を裂く力が加わっていく。

簡単に殺す気はないらしい。

カッツェは幾度も馬を足踏みさせて、ゼインをわずかに休ませた。それが却《かえ》って、次に訪れるであろう痛みを予期させ、肉体ばかりでなく精神までも蝕《むしば》んでいく。

「悪魔、め」

何度めかのピアッフェで縄が緩んだとき、ゼインは吐き捨てるように呟いた。身体中の筋肉も関節もズタズタになる寸前だ。

カッツェが腰を折って真紅の眸でゼインの顔を覗きこむ。

「わたくしは慈悲深い。切りこみを入れて、少し楽に死ねるようにしてやろう」

そう言ったかと思うとカッツェは腰に佩《は》いている剣を抜いた。それが宙に閃《ひらめ》き、ゼインの左肩へと突き立てられる。

「ぐ、ぉ」

ゼインの呻き声とほぼ同時に、民衆のあいだからどよめきが起こった。

「煙が、おいっ——あそこに」

「待て！　あっちからも火が出てんぞっ」

「火事、なのか？　三ヶ所、四ヶ所かっ⁉」

群衆が街のあちこちを指差して蒼褪める。

「うちのほうだ！　おい、通せ！　通してくれっ」

蜂《はち》の巣を突いたような騒ぎのなか、今度は大砲の音が海のほうから轟いた。

「海賊——海賊かっ」

混乱状態に陥った人びとが右往左往して、ぶつかりあう。兵士たちもそれに巻きこまれていく。

カッツェが不愉快極まりない様子で視線を巡らせる。

「いったいなにが……ああ、馬がっ——馬を戻せ！　神聖な処刑の最中なのだ！」

そう言いながら円形舞台の端まで駆けていったカッツェの姿が、一瞬にして壇上から消えた。

彼の足首が何者かに摑まれて引きずり下ろされるのを、ゼインは視界の端で捉えていた。

どうやら馬たちに結びつけられていた縄は、外れるか切れるかしたらしい。ゼインの手足を引っ張る力は失せていた。なんとか起き上がろうとするがしかし、伸ばされきった筋肉に力がはいらないうえに、左肩を貫いている剣が木の床にゼインを縫いつけていた。

「く…そ」

剣の柄までは腕を伸ばしても届かない。

刃の部分を両手で摑んで引き抜こうとしていると、靴音が近づいてきた。カッツェが戻ってきたのか。

しかし煙が漂う青空を背景にしたシルエットはカッツェのものではなかった。

その人間はすぐ近くに立つと、ゼインの肩を貫いている剣の柄を握った。そして、それを抜けないように押さえつけたのだった。

「うぐ」

ゼインは充血した目を歪め、問いかけた。

「ルカ――この騒ぎは、お前の、仕業か？」

ルカが険しい表情で見下ろしてくる。

「あなたの仲間たちが、みずからの意思であなたを救おうとしているのです。私はただ彼らに、今日の処刑のことを知らせただけです」

「よけいなことを」

苦々しく呟くと、ルカが唇を震わせた。

「あなたは自分が何者であるか、理解していないのです！　彼らにとって――私にとって、どれほどの存在であるのかをっ」

黒い眸が強く光ったかと思うと、そこから光が次々と零《こぼ》れ落ちはじめる。

嗚咽を噛み殺しながらルカが訴える。

「あなたが命を捧げて守ろうとしたように、私も彼らもあなたに命を捧げているのですよ。とっくにあなたの運命に巻きこまれているのです。それなのにあなたは、見捨てるつもりなのですか？」

「……泣くな」

肉体の痛みよりもルカの涙を見るほうがつらい。

「無理です」

ルカが掠れ声を絞り出す。

「あなたがいなくなって、それでも生きていなければならないのならば、私は泣きつづけます！」

まるで子供の駄々のようで。

ゼインは喉を震わせた。

「ひでぇ脅しだな」

「いくらでも脅します。あなたを生かすためならば」

「お前と関わるとロクでもないことばっかりだ。この先もそうなんだろう？」

揶揄するような声音で問うと、ルカが頷いた。

「ロクでもないことの連続でしょう。……それでも」

ルカが右手で剣の柄を握ったまま、左手を差し伸べてくる。

「私と行きましょう」

こんなふうに貫かれていては、逃げようもない。

自分には選択肢など初めからなかったのかもしれない。

ルカに惹きつけられ、ルカに導かれる。

その路しか、自分には。

ゼインは鉛のように重い右腕をのろのろと上げた。

そうしてルカの左手と手指を絡めた。

肩から剣を抜かれ、ルカに助け起こされて舞台を下りようとしたその時、民衆を轢《ひ》くのも厭わずに、一台の瀟洒《しょうしゃ》な馬車が円形広場にはいってきて、ゼインたちの行く手を阻むように停まった。従者によって馬車の扉が開かれる。

ルカの顔がみるみるうちに強張っていく。

「ハネス……大司教」

ハネス大司教が毛皮の敷かれた座席に深く身を沈めたまま、ルカに問う。

「なにをしておるのだ？　私のしもべ」

ルカの真名を、大司教は知っているのだ。それによってこれまでルカをしたがわせてきた。

――こいつを殺すしか、ルカを自由にしてやることはできない。

ルカの手に握られている剣をゼインは奪おうとしたが、その前にルカが階段をひとりで駆け下りた。このままハネス大司教のもとに戻るつもりなのか。

「ルカ、待…」

全身が火を噴くように痛むなか、ゼインはルカを捕まえようとする。

ルカはしかしハネス大司教の待つ馬車には飛びこまなかった。

剣が馬の尻を斬りつける。驚いた馬が後ろ脚だけで立ったかと思うと、走りだした。

ハネス大司教が走り去っていく馬車の扉から上体を乗り出すと、狂ったように喚いた。

「ウィドル……ウィドル！」

それは、地下牢でルカを嬲《なぶ》ったときにハネスが囁いたのと同じ唇の動きの言葉だった。硝子《ガラス》を意味するその言葉が、ルカの真名なのか。

「ウィドル、戻ることを命ずる！」

「ルカ――ルカ、行くなっ‼」

ゼインは転びかけながらルカに追いつき、背後から抱き締めた。あるだけの力を籠めているのに、痛めつけられた腕には力がはいらない。辛《かろ》うじてルカの身体に腕を回しているだけだ。

焦燥感に心臓が壊れそうになる。

ルカの手が、そっとゼインの腕に触れた。

わななく腕を外された。

「ゼイン」

黒い眸が明るく輝く。

「私はあなただけのものです」

10

……とても美しい夢を見て、ゼインは目を覚ました。

とたんに、全身を粉砕《ふんさい》されたかのような重い鈍痛に呻く。

——そうか。生きてるんだな。

死の縁から、ルカに手を引かれて戻ってきたのだ。

陸の使徒たちが起こした火災と、海の使徒たちの大砲をもちいた攻撃の最中とはいえ、ゼインがルカとともに無事にカーリー号に辿り着けたのは、オルトの配下の修道騎士たちが手助けをしてくれたことが大きかった。彼らはそれとわからぬように兵士たちからふたりを守り、地下水路へと逃がしてくれたのだった。

そこにはルカが用意していた小舟があり、それをルカが漕《こ》いでカーリー号に向かったところでゼインの記憶は途切れていた。八つ裂きの刑の肉体への負荷に加えて失血が酷かったせいだろう。

肩を貫かれた傷は縫合《ほうごう》されたらしく、左肩から胸にかけて包帯が巻かれている。八つ裂き用の縄を結ばれた両手首にも包帯が巻かれ、血が滲み、ひどく腫れている。右肩から二の腕にかけても赤紫色に変色して腫れていた。全身で何ヶ所もの骨が外れていたに違いない。

ゼインが呻きながら上体を起こすと、横の椅子に座ってベッドに突っ伏していたルカが目を覚まし、慌てて身体を支えてきた。

「大丈夫ですか、ゼイン」

ゼインはルカをまじまじと見詰めてから、その背中へと視線を向けた。なにかを透かし見ようとするかのように凝視する。

「どうかしましたか？」

訝しむ顔で、ルカが自身の背後を見る。

「ああ、いや――喉が渇いた」

小机のうえの水差しからグラスに液体をそそぎ、ルカが口許まで運んでくれる。

「なんだ、酒じゃねぇのか」

匂いを嗅いで文句を言うと、ルカに顎を摑まれて、水を口にそそがれた。噎せると、全身に痛みが響き渡る。

「おま、え、は本当に、俺をいたぶるのが好きだな」

笑いと痛みに目をきつく眇めるゼインににっこりと微笑みかけてから、ルカが小机のうえから小さな瓶を手に取り、わざと揺れるようにベッドに腰を下ろした。また押し寄せてきた痛みに呻くゼインに、ルカが小瓶を見せる。

「脱出に使った小舟の底に転がっていたもので、なかにはオルトからの手紙がはいっていました。読みますか？」

ゼインが頷くと、ルカがゼインの横に座りなおして、手紙を読みやすい位置に差し出した。手紙は数枚にわたるもので、「海の冥王が、陸の志ある者の盟友となることを強く願う」という一文から始まっていた。

これから訪れるであろうノーヴ帝国の――いや、妖精界まで巻きこんだ人間界の艱難がそこには記されていた。

それをゼインはおのれが深く関わる未来として正面から受け止める。

ゼインが最後まで読み終えると、ルカが改まった様子で訊いてきた。

「この世界を動かす海流に、なってくれますか？」

「なるしかねぇんだろ？　なら、この世界を混ぜっ返す渦になって、運命とやらを引っくり返してやる」

「……ゼインらしいですね」

笑いたいのか泣きたいのかわからないような顔をするルカの腰に痛む手を回しながら、ゼインは陸へと思いを馳せる。

「アンリ皇子とオルトに、差し当たっての危険はないのか？　あいつらにしたがってる奴らは、いまどのぐらいいるんだ？」

「いまはまだ刻《とき》が来ていないので大丈夫でしょう。王城修道院所属の修道騎士のうちの四分の一――三十人ほどが、オルトにしたがっています。大砲工場の爆破工作をしたのも彼らです」

「たったそれだけか」

ルカがゆっくりとした口調で語りだす。

「十六年前にハネスが大司教になってから、皇帝は請われるままに国民への重税を課してきました。修道院や礼拝堂は豪奢に飾り立てられ、隣国や海賊との戦闘用として軍備の開発にも金が注ぎこまれました。ノーヴ国民を弱らせて信仰に縋らせることで自分の地位を揺るぎないものとし、妖魔をもちいて世界を支配しようとするハネス大司教の企みによるものです。けれどもそれに不条理や不満を覚える者は確実に増えていっています」

ゼインは昔の自分を思い出す。

両親が流行り病に倒れたときに礼拝堂に祈りに行き、その煌びやかなステンドグラスに疑問をいだいたのだ。あの時の自分のような者が、いまのノーヴ帝国には数えきれないほどいるに違いない。

「修道騎士や兵士のなかにも、このままではいけないと考える者たちは多くいます。すでに心を固めている修道騎士は三十人に過ぎませんが、ハネス大司教が妖魔を作っていることが発覚すれば、多くの者たちがアンリ皇子の下で決起することでしょう」

「アンリ皇子が、この世界がどうなるかの鍵になるわけだな」

陰と華のある素直な皇子だった。

彼にそれほどの重荷を背負わせるのは酷なように思われた。

「そういえばお前は妖精王から、皇子を妖魔にするなと言われたんだったな」

「アンリ皇子には世界を糺《ただ》す力と、世界を壊す力が、等しくあるのです。妖魔になれば、壊す力のほうが解き放たれてしまいます」

「なら、妖魔にならないように早いうちに保護したほうがいいんじゃねぇのか。ハネス大司教が妖魔化させるんだろう」

「皇子はいまは城に留まり、ハネス大司教の悪徳を暴かねばならないのです。それはいま少し刻を待たねばなりません」

「――そうか。じゃあその刻とやらが来たら、あいつのことを助けてやらねぇとな」

ルカが眩しそうな目でゼインを見詰める。

「信じていました。あの時の誓いを」

「……あの時の誓い？」

問い返したところで、階段下から声が響いた。

「船長、よろしいですか」

ロムの声だ。ゼインが「ああ」と返すと、ルカがゼインの手を腰からどけて立ち上がろうとした。それを痛む手で引き戻し、自分の横に座らせておく。

ロムに続いて、マルーが階段を上がってきた。右脚には添え木を当てられ、松葉杖をついている。

「マルーがどうしても、ルカ殿に礼を言いたいそうで」

「礼って――お前、ルカに見張り台から突き落とされたんじゃねぇのか？」

ゼインが怪訝な顔で問うと、マルーが早口で捲したてた。

「軍港を襲撃するとき、預言者様は俺の背中を押して突き落とした。そのお蔭で俺の命は助かったんだ！」

「意味がわからねぇぞ」

「あの、だから、普通に落ちたから縄に絡まりながらで、脚の骨だけですんだんだ。あの戦闘のあとで帆柱が吹き飛ばされてたの見て、俺わかったんだ。もし見張り台にいたら、俺は絶対に死んでた。預言者様はそれがわかってて、突き落としてくれたんだって」

ゼインは目をしばたたかせ、すぐ近くにあるルカの顔を見た。

「そうだったのか？」

ルカが微苦笑を浮かべると、マルーへと手を差し伸ばして、彼の左手首に触れた。

「この腕輪です。スキュラ島の娘がくれたお守りだと言っていましたね」

「ああ、うん。ミーナが編んでくれたんだ」

マルーが照れた顔をする。

「この腕輪をした手が、折れた帆柱に潰されているのが見えたのです。けれどそれを伝えたところで、マルーが大事な戦闘でみずから見張りの仕事を降りるとは思えなかったので」

「ほら、ロム副船長！　俺が言ったとおりだろ！　預言者様はぜんぶわかってて、俺を助けてくれたんだっ」

そう勝ち誇ったように言ったかと思うと、マルーが松葉杖を投げ捨ててルカに抱きついた。

「ありがとう！　ありがとう、預言者様っ」

ルカが目許と鼻の頭をわずかに赤くするのをゼインは見る。

誤解されて恨まれるのを覚悟で、ルカはマルーを見張り台から突き落としたのだ。そうして、マルーの命を救った。

――こいつは、そういう奴なんだよな。

常に自分が犠牲になる覚悟で、それでも前へと進んでいこうとする。

ルカ・ホルムとは、そういう覚悟のある男なのだ。

それが我がことのように誇らしくて仕方なくて、マルーに抱きつかれているルカの腰を抱き寄せた。抱き寄せるだけでは足りなくて、その唇に唇を重ねる。

ふたりの行為に気づいて目を丸くするマルーの首根っこをロムが摑み、荷物のように肩に担いで階段を下りていった。

濡れそぼった唇をわずかに離し、ゼインは囁く。

「お前の災いの預言は、素晴らしい力だ」

ルカの目の縁が真っ赤になって、涙が睫毛を濡らした。

エピローグ

もどかしさに、ルカは含まされている舌を甘く噛む。

ゼインがいつものようにルカを押し倒そうとして、しかし千切られかけた手首がひどく痛んだらしく、くぐもった呻き声を漏らした。

普通の人間の身体だったら、あの八つ裂きの刑で骨も筋肉もズタズタになっていたところだ。

ルカの口からぬるつく舌を抜くと、ゼインが乱れた熱い息を吐いた。そして苛立ちの皺を鼻の頭に寄せた。

「やりたくてたまらねぇ」

それはルカもまた同じだった。ゼインが欲しくてたまらない。

「いいですよ」

ルカは紅潮した顔で微笑むと、胴体を抱き支えながらゼインをベッドに横たわらせた。

ゼインの下半身にかかっている毛布を下げる。治療をほどこしたときに衣類をすべて脱がせたため、下肢にもなにも身に着けていない。

負荷が大きかった両足首にも包帯が巻かれており、股関節のあたりは赤黒く鬱血《うっけつ》している。

全裸のゼインの身体を改めて目にして、この肉体が壊されかけたことにルカは腹に大きな穴が開くような強烈な寒気を覚えた。

「横になっていてください。私がすべてやります」

ゼインが生きてここにいるのだという実感を、肉体を深く繋げて確かめたい。

ルカが膨れかかっているペニスに手を伸ばそうとすると、しかしゼインが腰をよじって、言ってきた。

「お前を舐めまわしたい」

碧い眸が欲望にぬめる。

「胸を舐めさせろ」

「……」

いますぐゼインを受け入れたいという強烈な欲求を抑えこんで、ルカはシャツの前を開くと、ゼインのうえで四つん這いになり上体を伏せた。目視しながら、ゼインの唇へと自分の乳首を寄せていく。

そうしながら、折り曲げている自分の肘が震えていることに気づき、とたんにひどく恥ずかしいことをしようとしている気持ちになった。

九歳のころからさんざん男に嬲られてきた身で、この程度のことに羞恥心《しゅうちしん》を覚える自分に戸惑い、動きを止めると、ゼインが舌を大きく出した。その舌先が乳首の尖りを掠めた。

「あ…っ」

わずかな刺激だけで身体がビクッと跳ねて声を漏らしてしまう。

するとゼインが目を上げて、子供のころと同じ、からかう笑みを浮かべた。

「お前がすべてやってくれるんだろ？　舐めさせてくれよ、ほら」

そう言って、舌を宙に差し出す。

ルカは唇を噛み締めると、改めて身体を伏せた。熱く湿った舌に乳首をくっつける。粒を掬うようにゼインが舌をゆっくりと動かした。

「う…く」

ゼインに見られている顔がどんどん紅くなっていくのを自覚しながらも、嬲られている胸を見てしまう。

舌先でくにくにと粒を遊ばれ、弾かれた。

「んん、ぁ、ん」

ゼインが舌を引っこめて口を開く。

言外に指示されるままに、ルカはそこに乳首を差しこんだ。しゃぶられたのと同時に、腰が奥からわななないた。内壁が男を噛み締めたがっている。

「ゼイン、もう、いいですから」

なかばねだる声で告げるのに、ゼインはちゅくちゅくと乳首を吸いつづける。ようやく終わったかと思うと「もう片方も舐めさせろ」と言われた。

ルカは首を強く横に振った。

「胸はもう、ダメです」

「なんだ？　漏らしそうなのか？」

ハネス大司教に胸を嬲られて、ゼインの前で失禁してしまったことを思い出し、ルカは消え入りたい気持ちになる。

ゼインがそれを察したらしく、苦い声で謝る。

「悪い。嫉妬の虫が治まらなくてな。じゃあ、下も全部脱げ」

身体を繋げる気になってくれたらしい。

ルカは安堵と期待とを覚えながらいったんゼインのうえからどいて、シャツを脱いだ。それから膝立ちして脚衣の腰に手をかけて――そこで困惑して動きを止めた。

「ん？　どうした？」

ゼインに問われて、思わず下腹部を掌で隠した。

「なんだ？　漏らしたのか？」

「ち、違います」

ゼインが首だけ上げて、まじまじとルカを眺め、命じた。

「そのままでいいから、俺の顔に跨がれ」

「――」

しばし逡巡《しゅんじゅん》したのち、ルカはしたがった。

ゼインの顔を跨ぐかたちで膝をつく。頑なに下腹部を掌で隠していると、促された。

「大丈夫だから見せてみろ」

意外なほど優しい声音に背中を押されて、ルカはおずおずと手をどけた。脚衣の突っ張っている部分を見せる。

それを目にしたゼインが目を見開く。

「お前、それ…」

「おか——おかしいんです。昨日、ゼインとしたときにも、なにかおかしい感じになって」

「服を下ろして、見せてくれ」

「でも……」

「頼む。どうしても見たい」

煌めく碧い眸で乞われて、ルカは嗚咽に喉を震わせながら腰から衣類を下ろした。

それが布に引っかかってから、ぶるんと外に弾み出る。

自身の屹立したものを目にしたルカは顔を歪め、呟いた。

「みにくい……」

勃起してしまうたびに、ハネス大司教に罵られ、根本を縛られて茎がもげそうなほど捻じられたのだ。その時の怖さと痛みが甦ってきて、茎が項垂れていく。

「ルカ」

ゼインが大きく舌なめずりする。

「それを俺の口に挿れろ」

「いけません。こんなもの」

「お前のは少しも醜くない。野郎のものにしては綺麗すぎるぐらいだ。舐めたくてたまんねぇ」

そう言ってゼインが大きく口を開いた。

——醜くない……？　本当に？

子供のころから刷りこまれた価値観からくる強烈な抵抗を覚えながらも、ゼインの言葉だから信じられるような気がして。

ルカは痛みを予期しながらも、ぎこちなくゼインの口に萎《しお》れかけている茎を寄せた。なかば隠れている亀頭だけを唇の輪に挿れると、舌が出てきて裏筋を掬うようにした。そのまま口のなかへと連れこまれる。

「ん…っ…や」

陰茎で性的快楽を覚えてはいけない。そこで快楽を覚えれば痛めつけられる。

——でも、痛くても。

ゼインが舐めたいと言ってくれたのだ。それを叶えられるならば、痛くてもかまわないと思うことができる。

息を殺して身を固くしながら、ルカは導かれるままに茎を沈めた。ゼインの口のなかに根本まですっぽりと消えてしまう。

腰がカタカタと震える。

「う、ぅ」

記憶された痛みがこみ上げてくる。ゼインの舌が茎に絡み、口腔で食べるように揉みこまれるたびに痛みが強くなっていく。

「ぁあ——あ、ぁ」

けれども、どうしてだろう。

自分の口から漏れる声が、甘く掠れているように聞こえる。

まるで喘ぎ声のようだ。

亀頭を喉の奥のほうでコリコリとくじられると、性器が沸騰したようになる。痛いのか熱いのか判然としない感覚に、ルカの腰は幾度もよじれた。そのよじれる動きが次第に前後に腰を振る動きになっていく。

「ゼイン……こんなこと、っ」

欲望で硬くなった男の器官でゼインの口を犯している事実に、ルカは惑乱状態に陥る。それでももう腰の動きを止めることはできなかった。

根本まで押しこんでは、亀頭の段差が唇の輪に引っかかるまで腰を引く、そしてまた押しこむ。ゼインの舌が忙しなく動いて、絡みついてくる。

鮮明すぎる感覚に全身に鳥肌がたつ。

「ぁ…ぁ…っ、ぁあ、いたい…」

耐えがたいほどの痛みが陰茎を貫いた。

「あああぁっ！」

痛みと同じほどの、耐えがたい快楽に打ちのめされて、頭のなかと目の奥に幾度も閃光が走り抜けていく。

「く、ふ――あ、ぁ」

息が上がり、身体中の血管がドクドクと脈打つ。

朦朧としているとゼインが噎せるような咳をした。

ルカは我に返り、慌てて口からペニスを抜いた。とたんにゼインの口から白いものが溢れた。

「え……」

その白いものは、自分の亀頭と粘糸を引いている。

「これは、私が？」

愕然としながら、ルカはゼインの口から溢れる白濁《はくだく》に指で触れた。どろりと重たい粘液だ。

「はじめて、です」

ゼインが半分ほど唇から溢れさせながらそれを嚥下して、怪訝そうに訊いてくる。

「なにが初めてなんだ？」

ルカは自分の指に付着した白い粘液をじっと見詰めてから答えた。

「自分の種を、見るのが」

今度はゼインが愕然とした顔をして――急に泣きそうなしかめっ面になった。そして怒ったような声で言う。

「そんなもん、これから何百回だって俺が見せてやる」

なにか笑いとも悦びともつかぬ温かいものが身体の奥底から湧き上がってきて、ルカは白濁まみれのゼインの唇に唇を重ねた。

ぬるつくものを互いの唇になすりつける。

そして心からの約束をした。

「ゼインにしか、決して見せません」

＊

「初めて」を迎えたルカと眠りに落ちて、次に目を覚ましたとき、隣にルカがいなかった。ゼインは全身に痛みを覚えながらベッドから立ち上がった。見れば、梯子の先の天井扉が開いている。どうやらルカはうえの甲板にいるらしい。

脚衣だけを身に着けると、ゼインは梯子を上り出した。

たかが一階ぶんの梯子を上るのにすら手首足首に尋常でない痛みを覚えて、甲板に出るころには汗をかいていた。

その汗が夜風を心地よいものに感じさせる。

ルカは船の最後尾のふなべりに立っていた。

空には灰色の雲がかかっており、月も星も見えない。

それなのにルカは、ゼインが甲板に上がったことも気が付かないほど熱心に、空を見上げているのだった。

ゼインは横に立って同じように空を見上げた。

「なにを見てるんだ?」

ルカが驚いたように息をしてから、ゼインを見た。

「動いて大丈夫なのですか？」

「まあ、これまで何度も死にかけたことがあるからな。このぐらい、どうってことねぇ」

実際のところ、この十一年間を思い返せば、こうしていまルカと並んで立っていられるのが奇蹟に思えるほどだった。

──奇蹟も運命のうちか。

ひとつひとつの奇蹟が小さな歯車ならば、それらが噛み合って進んでいくものが運命なのだろう。

──俺の運命は、ルカと並んで立てる場所に行き着くようになってた。

ゼインはルカの背中をじっと見詰めた。

ルカが首を捻じって自分の背中を見る仕種をする。

「さっきも見ていませんでしたか？」

「ああ……夢を見たんだ」

「夢？」

ゼインは忘れてしまった夢を──あるいは深いところに沈んでいる記憶を呼び覚まそうとしながら教える。

「お前の背中に翅が生えてる夢だ。蜉蝣《かげろう》の翅みたいに、薄くて透けてた」

ルカの目がゆっくりと見開かれ、黒い眸が震えた。

「……思い、出したんですか?」

その反応にゼインは半分驚かされ、半分やはりそうなのかと思う。

「妖精の輪を一緒に探したころのお前だった」

思い出せそうで思い出せないもどかしさにゼインは沈黙し、ひとつ瞬きをした。

「なにか銀色の眩しいものと、お前は話してた——あれは」

ルカがゼインのほうを向き、心臓の動きを抑えこもうとするかのように胸に両手を置く。

「妖精王です」

「……」

——ああ、そうだ。

不確かな記憶の欠片が繋がりあう。

「俺はあの夜、お前のことを考えて妖精の輪をくぐった。……それで、お前がいるところに辿り着いたんだ」

ルカが大きく頷く。

「そうです。ゼインが妖精界に現れて、驚きました。お父さんとお母さんのところに行くはずだったのに」

「もしかして俺は——お前と一緒に妖精王の話を聞いたのか?」

「妖精王は本当は私ではなくゼインに直接、語りかけたのです。あなたが、世界の命運を変える海流になるのだと」

明確には思い出せないものの、その時の感情が――決意をしたときの感情が、ありありと胸に甦ってくる。

「……俺はすべてを知ったうえで、引き受けたのか？」

尋ねると、ルカが苦しそうに息をついた。

「海流となる運命を選ぶのならば、ゼインには苦しい歳月が訪れると妖精王は言いました。ゼインはそれでもかまわないと、私とともに世界を救いたいと答えました」

「そうだったのか……。だが、なんで俺はそんな大事なことを忘れてたんだ？」

「妖精界での記憶は、妖精王によって消されたのです。妖精王は私にも選択肢を与えました。ゼインを手に入れられない未来と、ゼインを手に入れられる未来と、どちらを選ぶかと」

ルカが項垂れる。

「ゼインは妖精界での記憶を喪っていましたから、私はゼインを罠に嵌めずにおくこともできたのです。でも私はゼインを罠に嵌めて、ゼインを手に入れられる未来を選びました……世界の命運のためだと自分に言い訳しましたが、本当はただゼインを選んだのです」

腕の痛みなど、いま心に受けている衝撃の前では消し飛んでいた。

「……ルカっ」

ゼインはルカを抱き締め、その黒髪に顔を擦りつけた。

「よかった――お前が俺を選んでくれて、よかった」

ルカの両手が背中を抱き返してくれるのをゼインは感じる。

十四歳のときの自分はきっと、この瞬間を思い描いていたのだろう。たとえ記憶を消されても、いつかルカと身も心もひとつになれると信じて。

ふいにルカが身動ぎして呟いた。

「あの言葉は、こういうことだったのですね」

ゼインは吐息がかかる距離でルカの顔を覗きこむ。

「あの言葉？」

「妖精王が言ったのです。『そなたは三たび、愛しい者の運命を狂わせる。一度目は、これより数時間後。二度目は、十一年ののち、そなたが愛しい者とひとつになるとき』」

「……その『愛しい者』ってのは俺のことだな」

ルカが困ったように微笑む。

「当然でしょう」

ゼインは満足に顔を緩めながら、さらに確かめる。

「いまお前も、俺とひとつになってるって感じてるわけだ？」

こめかみを紅く染めながらルカが頷き、呟いた。

「ゼインに抱かれたらひとつになって運命が変わるのかと思っていましたが。ひとつになるとは、いまのようなことだったのですね」

その言葉にゼインは身震いする。

「要するに、俺の運命が変わるのはこれからってわけか」

「……怖いですか？」

「いや、妖精の輪をお前と探した夏の夜に戻ったみたいな気分だ」

あの、どこまでも一緒に歩いていけそうな夜に。

ルカがふと視線を空へと向けて、息を呑んだ。

釣られてゼインも空を見上げる。

雲はいつの間にか流れ消え、三日月と、星が作る川とが空に流れていた。いつもの夜空だ。

それを見上げるルカの黒い眸は細かく動いている。

「お前はいまなにを見てる？」

もどかしく尋ねると、ルカが「手を」と囁いてきた。

向かい合ったまま、両の掌を重ねる。

とたんに、銀色の小さな星が、空から無数に降りそそいできた。その煌めき流れる光にルカが照らされるさまに、ゼインは見入る。

そしてルカもまた、ゼインに見入る。

時間も空間も喪失するような美しさのなかに、ゼインは運命というもののかたちを知る。

「……アヴァル」

ルカはゼインにだけ本当の真名を捧げてくれていた。

そして自分もルカにだけ捧げるのだ。

「モグ・ルート――それが俺の真名だ」

ルカが目を瞠《みは》り、その名の意味を呟く。

「運命の輪の、しもべ」

「ずっと嫌な真名だと思ってきたけどな」

降りくる星々のなかに運命の相手といるいま、この運命のしもべなら喜んでなってやろうと思えていた。

「モグ・ルート」

ルカがゼインの手をきつく握り締めながら命じてくる。

「私より先に死ぬことは、絶対に許しません」

ゼインは瞬きして、泣きかけのルカの顔を見詰め、思い出す。

『俺がどうなろうと、お前は死ぬな——アヴァル』

処刑での死を覚悟した自分は、そうルカに命じたのだ。そしてそれがいかに残酷な命令であったかに、思い至る。

もし自分が逆の立場だったら、死にもの狂いでルカを救い、ともに生きる。

……そしてルカも、そうしたのだ。

「俺は、お前と生きる」

嗚咽にわななくルカの唇を、ゼインは誓いを籠めて唇で塞いだ。

あとがき

こんにちは。沙野《さの》風結子《ふゆこ》です。

クロスノベルスさんでは久しぶりにお仕事をさせていただきます。よろしくお願いします。

さて、今作は妖精の取り替え子「チェンジリング」を主軸にしたファンタジー設定となっています。いつか書いてみたいモチーフだったので、こうしてかたちにできて嬉しいです。

ルカは取り替え子のなかでも特殊な預言の能力を授けられていて、それ故にさんざんな目に遭っていますが、ルカと深く関わったためにゼインもまた運命を分岐させられ、過酷な道を辿っていきます。

でもルカにしてもゼインにしても、選ぶ余地を与えられ、自分で選び取った人生です。運命に弄ばれる者でありつつも、運命の輪を回す力のある者で、ふたりとも同じ未来を望んだことの結果なのです。

ルカは妖しい誘惑者であり、ゼインを導く使命を負っていますが、平たく言ってゼインのことが大好きですね。ゼインのことを好きでたまらないからこそ、重過ぎる使命を背負うことにしたわけです。もしゼインがいなかったら、妖精王からの使命も撥ね除けて、生きることをやめていたかもしれません。

そういう意味では、ルカにとってはゼインが禁断の果実であり生きる糧でもあったのでした。

本文はけっこうゼイン目線が多いこともあり、ゼインの気持ちのほうが縦糸となっています。書くときに攻キャラ目線で受キャラを見るのが好きなので、楽しかったです。


ところで作中に出てきた「妖精の夜」というのは、ご存知、ハロウィーンのことです。

古代ケルトで収穫を祝い、また季節の節目を迎える日とされていました。フェアリーサークルが開き、妖精たちと遭遇しやすくなる日とも言われています。

イギリスではいまでもフェアリーサークル探しがおこなわれているとか。夢があります。……日本だったら、うち捨てられた神社の裏の森のなかに輪があって、妖怪に逢えそうですけど。

あとがき

と、ちょっとまともっぽいネタを振ってから恒例の裏テーマですが、萎え萌えです。ルカのことです。最後にゼインの愛の力で解消されてますが。裏テーマという原動力は大事です。私のモチベーションの背骨です。

イラストをつけてくださった奈良千春《ならちはる》先生、鮮やかに描き出されたキャラと世界で話に大きな力を添えていただき、ありがとうございます。ケルトの雰囲気を取りこんでくださった表紙がまた細部まで素晴らしくて、画面にずぶずぶと引きこまれています。ゼインとルカの存在している世界をそのまま眺めている感覚です。

本文イラストでも幼少期のふたりの可愛い姿から見ることができて、胸が熱いです。そして大人になった妖しくて綺麗なルカと、荒々しく美しいゼインのあれこれのシーンに滾っております。

担当様、長くお世話になっていますが、今回もまたたいへんお世話になりました。書きたいものを思いきり書くことができました。

また出版社様、デザイナー様、本作に関わってくださった関係者様たちに感謝を。

そして最後になりましたが、本作を手に取ってくださった方々、本当にありがとうございます。楽しんでいただける部分があったことを切に願います。

今作で世界が動きだしたところで、オルトとアンリの話や妖精王の話など書きたいものが積んであるので、できればこのシリーズでまたお会いできたら嬉しいです。

＋沙野風結子＋

＋風結び＋　http://blog.livedoor.jp/sanofuyu

CROSS NOVELSをお買い上げいただき
ありがとうございます。
この本を読んだご意見・ご感想をお寄せください。

〒110-8625
東京都台東区東上野2-8-7　笠倉出版社
CROSS NOVELS 編集部
「沙野風結子先生」係／「奈良千春先生」係

CROSS NOVELS

チェンジリング
妖精は禁断の実を冥王に捧げる

著者
沙野風結子

2019年8月23日　初版発行　検印廃止

発行者　笠倉伸夫
発行所　株式会社 笠倉出版社
〒110-8625　東京都台東区東上野2-8-7　笠倉ビル
[営業]TEL　0120-984-164
FAX　03-4355-1109
[編集]TEL　03-4355-1103
FAX　03-5846-3493
http://www.kasakura.co.jp/
振替口座　00130-9-75686
印刷　株式会社 光邦
装丁　斉藤麻実子〈Asanomi Graphic〉
ISBN 978-4-7730-8992-9
Printed in Japan

CROSS NOVELS